憾，
我病起來
連自己都
2
作者 小鹿
繪者 Mocha

相關病史一覽

病歷號碼	●●●●●●
姓　　名	●●●
年　　齡	●●歲●個月

病況描述

序章

這是兩年前的一段過往——

在漫天的大火中，所有研究院的人因為看到「季晴夏」，導致腦中的「恐懼炸彈」爆炸，成了到處抹殺人類這個物種的「恐懼人類」。

重傷的季雨冬被季武拋下，埋在石塊堆中。

完全動彈不得的她只能躺在地上，看著自己的生命隨著左手流出的鮮血不斷消逝。

季雨冬知道自己要死了。

一幕幕回憶從她面前閃過，就像是死前的走馬燈。

但是不管看再久，那之中都是同一個情景——她苦苦追逐季晴夏的畫面。

季雨冬露出苦笑，喃喃說道：「真是……無趣至極的人生。」因為身邊沒有其他人，此時的她卸下了婢女的面具，「什麼事都沒做到啊……我……」

季晴夏是她的憧憬，也是她的目標。

雖然她們幾乎沒有好好說過話，但一開始時，季雨冬其實是喜歡姊姊的。

就是因為喜歡，所以才想追上她，和她並肩而行，成為一個足以讓她承認的存在。

但不管怎麼努力，她們之間的距離都沒有縮短過。

這股隨著時間積累的悔恨，扭曲了原先的喜愛，最終化作對季晴夏的嫉妒和自卑。

「為什麼……」兩行淚水從季雨冬眼中流下。

——為什麼自己做不到？

明明是流著相同血液的姊妹，為什麼她能做到的事，我總是做不到？

「如果……自己沒有那麼喜歡姊姊就好了……」

就是因為有著對姊姊的愛，才有了和她對等的期望。

但也是因為這愛和期望，誕生出了無數的失望和懊悔。

最終這壓垮了自己，讓自己成為婢女。因為只要甘於成為下人，就能以此說服自己不要期待任何事情。

只要不期望，就不會失望。

「我……不想被捨棄……」

不想讓心中的醜惡情緒顯露出來，扭曲自己的臉，因為姊姊若是看到那張臉，一定會感到失望的。

既然無法並肩，那至少不要被拋下吧。

——希望自己能保持完美的笑容，成為配得上姊姊的下人。

抱持著這樣的心情，自己站到了姊姊的身後。

「我是不是……只是不想被姊姊討厭而已呢……」

身體逐漸變得寒冷……

眼前的視線也越來越黑……

「好累……」

真的好累……

突然覺得能這樣死掉也不錯……因為……這樣就不用抱持著這麼痛苦的憧憬……繼續活下去了……

季雨冬的視野，逐漸變得一片漆黑——

「雨冬。」

——一句話。

宛若一支白色的利箭撕裂了黑暗。

只不過是短短的一句話，季雨冬的意識就被喚了回來。

「姊姊大人……」因為失血過多，季雨冬失焦的雙眼看不到季晴夏的身影。但是光聽聲音，她馬上就認出了站在她面前的人是季晴夏。

「妳不要勉強自己看到我，要是看到我，妳會因為恐懼而死的。」

無數的火光飛舞在兩人間。

傾羨妹妹弱小的姊姊，以及傾羨姊姊強大的妹妹。

近幾年來，她們兩個第一次以這麼近的距離看著彼此。

一時之間，兩人什麼話都沒說。

過了許久許久後——

「雨冬。」

第一個打破這個沉默的，是季晴夏。

她彎下身子，席地坐在了地上。以相同的高度，季晴夏對躺在地上的季雨冬說道：「這些日子來，我們似乎是第一次兩人獨處閒聊呢。」

「……奴婢很榮幸。」

「妳還戴著婢女的面具啊，打算持續到什麼時候？」

「奴婢沒有戴著面具，奴婢本來就是這個樣子。」

「是嗎？我實在不能理解，作踐自己很開心嗎？」

「……」

「把他人的幸福視為自己的幸福，真要說的話——」季晴夏以不帶溫度的嗓音說道：「這不是傻瓜才會做的事嗎？」

這瞬間——

一股憤怒猛然從季雨冬心中竄起。

但是多年來的偽裝，讓她把這道怒火壓了下去。

「奴婢是怎麼想的完全不重要。」季雨冬露出微笑，「姊姊大人身為主子，本來就不用顧忌奴婢的心情。」

「是這樣嗎？」

「是的。」

「要是繼續這樣下去，妳會一無所有喔。」

「奴婢本來就一無所有。」

「也沒有任何願望？」

「是的。」

「那麼，妳為何要接受小武當妳的哥哥和主人？」

「……」

……咦？

「看妳的表情，妳從沒想過這問題吧？」

「那也沒什麼……奴婢只是順勢而為，所以才接受了這事。」

「妳還沒發現嗎？妳早在不自覺中，洩漏了自己的期望。」

「奴婢沒有任何期望。」

「喔？」

「奴婢為了自己的主子，不管什麼都願意做，即使是犧牲自己的身體和性命都在所不惜。」

「什麼事都願意做，是嗎？」

「是的，不管是什麼，只要能幫到姊姊大人，我都願意做。」

「即使我現在要幫妳治傷，讓妳繼續活下去也可以嗎？」

「當然。」

「我要砍掉妳的左手後接上自己的左手，這樣也可以嗎？」

「可以。」

「我要剝奪妳左方的世界，把自己藏在裡頭，這會讓妳之後的人生無法像個正常人，即使是這樣，妳也願意接受嗎？」

「沒問題。」

——這就是季雨冬選擇的人生。

沒有期待、沒有失望。

既然什麼想法都沒有，那麼也不需要做任何選擇。

奴婢永遠只會照著主人的命令行動，依照主人的期望而活。

因為，這才是最輕鬆的生存方式。

「接著是最後一個問題了——」季晴夏緩緩開口道：「若哪天我想要殺了季武，妳會怎麼做呢？」

「……咦？」

「若是我和季武只能選擇其中一人，妳會怎麼做呢？」

——砰！

一根著火的梁柱掉了下來，砸在這對姊妹身邊。

不過就算是這麼巨大的聲音，都無法遮掩季晴夏的問題。

「雨冬，回答我。」

季晴夏以再認真不過的語氣詢問。

「我和季武，妳會選擇誰呢？」

Chapter 1 不想砍到馬桶的武術

我——季武是個普通的男孩子。

雖然擁有「超感受力」這樣的病能，但因為從小在季晴夏身邊長大，我從沒覺得自己是個特別的存在。

不久前，我因為某些因素，一直被關在海底的「病能者研究院」中，時間長達兩年之久。這間研究院在之後發生了一些事，至於是什麼……因為過程實在過於錯綜複雜，我連回憶都覺得驚險萬分。

在研究院中發生的事件，讓我發現虛擬院長「用實話說謊」的能力有多麼可怕。我們可以從她的計策中逃出來，是無數的巧合加上借助了季晴夏的力量。要是季晴夏最後沒有出現，我們現在已經成了海中魚蝦的飼料。

從研究院中逃出來後，我租了一間公寓，與同樣從裡頭逃出的葉藏、季雨冬過著平靜且安穩的生活——

「喝——！」

「嗚啊啊啊啊————！」

我頭髮前端的瀏海被削斷，嚇得我發出慘叫跌坐在地。

更正！我的生活也沒有想像中的那麼安穩和平靜。

早上起床正要去廁所盥洗的我，竟然差點在打開門時被劈成兩半啊！

可能很多人會認為我是誇大其詞，但我所說的話絕無任何一絲虛假。

「喝！喝！喝！」

——因為我家的廁所中，有一個人正在練劍啊！

「主人！早上好！」渾身是汗的葉藏看到我後，將刀收回腰間的刀鞘，單膝跪下向我行了一個禮。

雖然是一大早，但葉藏仍穿著一如既往的白色短袖、開衩短裙，打扮得像是武士也像是忍者。雖然寫著梵文的紅色圍巾遮住了她脖子上的蝴蝶印記，而她也從沒使用過「病能」，但她毫無疑問是個病能者。

「妳……」我深吸一口氣，平復自己因為過於驚訝而紊亂的心跳問道：「為什麼一大早在廁所練劍？」

「因為早上的空氣比較清新，很適合鍛鍊。」

「廁所的空氣哪裡清新了！」

「可能是因為之前在讀書時，總是待在廁所，所以這裡的氣息讓我有種回到家中的安心感。」

「……」看著葉藏一臉正經的說出這些話，我趕緊按住眼角，努力不讓自己露出同情的神態。

「而且在廁所訓練，有種生死懸於一線的緊張感。」

「哪裡緊張了？廁所明明這麼安全——」

「別小看廁所。」葉藏打斷我的話，一臉嚴肅的說：「你想想，要是我一不小心失手，把馬桶給砍成兩半……」可能是想到這麼做的後果，動搖的葉藏手用力了一下，讓刀子撞擊刀鞘後發出「鏘」的一聲輕響。

「……」我稍微試想了一下，發覺那後果實在是太可怕了。

「先不論從馬桶之中會跑出什麼，要是真的被我砍壞，然後主人和雨冬師父又在這時有了生理需求想上廁所，那我就只能──」

「只能？」

「我就只能……」葉藏咬著下嘴唇緩緩說：「以口謝罪了。」

「什麼以『口』謝罪！」

這真是太糟糕了！明明什麼表情都沒有，虧妳可以一臉正經地說出這麼蠢的話！

一開始看到葉藏時，我還以為她是個充滿凜然之氣的高冷美女，等到真正瞭解她後，才發現這個人跟我的認知有著巨大的落差！

「其實我一開始是想去外頭晨練的，但是不知道為何，不管我到哪裡揮刀，都會有一堆人圍觀我……」

可能是回想起那時的情景，葉藏的額頭滿布冷汗。

「因為妳穿的服裝太特異了吧？」

「不不不，我想應該是我身為女人卻長得如此奇怪。」

「……」

又來了。

葉藏對自己的女性魅力，是壓倒性……不，應該說是爆炸性的沒自信。

「而且他們還拿出手機和相機一直拍，一定是把我當成珍奇異獸在觀賞。」

「他們應該是誤以為妳在Cosplay吧……」

「總之，既然無法在外頭晨練，我就只能躲在家中練劍了。」

「……那也不用挑廁所啊。」為什麼不在妳的房間呢？

「一開始時，是因為廁所是最讓我感到安心和熟悉的場所。可是練久後我發現，這是個很棒的訓練場所，既充滿緊張感，也不會因為過於舒適而鬆懈——主人，你為什麼要抱著頭？」

「沒事，我只是有點受到打擊……」

原來我之前是敗在這種環境下練出來的刀法嗎……

「我的刀中蘊含著『在廁所內練出來的意志』，所以它永遠不會生鏽；我的揮擊中存在著『不想砍到馬桶的武術』，所以它註定不會砍歪。」

「不～～～妳別再說了————！」

我生平第一次因為過去的敗北而感到懊悔！

妳確定妳真的要把本來帥氣到不行的臺詞，改成這麼慘不忍睹的模樣？

「主人怎麼了？你還好嗎？」葉藏看我崩潰的跪倒在地上，趕緊上來關心我。

「沒事……」

我深吸一口氣，決定換個話題。

「對了，葉藏。」

「嗯？」

「我不是叫妳不要再叫我『主人』了嗎？」

自從葉藏被季雨冬收為徒弟後，就一直堅持以「主人」稱呼我。

「這可不行，畢竟我是雨冬師父的徒弟。她既然是你的婢女，那麼我也得奉你為我的主人才是。」

「妳都不覺得妳拜一個婢女為師很奇怪嗎？」

「怎麼會呢！在我眼中，她是個多麼了不起的人物啊！」可能是憶起了季雨冬的身姿，葉藏露出尊敬的眼神，「她卑微的模樣、完美的下跪姿勢以及那股天生就要當奴隸的低下氣質——不管從哪個方面看，她都是個註定要成為下人的可貴奴才啊！」

「……妳其實很討厭她吧？」竟然把季雨冬說成這樣。

「怎麼會？我是真的非常尊敬雨冬師父，不管我怎麼努力，都無法像她一樣這麼像個奴隸。」

「……嗯。」從葉藏真誠的態度來看，我可以感覺到她是認真的。但偏偏她說出來的內容跟她表達出來的尊敬完全相反。

「總之，我能拜在雨冬師父門下成為『見習婢女』，努力學習『奴之道』，是一件再榮幸不過的事。」葉藏以標準的立正姿勢，做出嚴肅無比的宣言。

我按了按已經開始發疼的太陽穴道：「我說啊……就算妳真的要對我報恩，妳也不用成為那個什麼見、見——」

「見習婢女。」

葉藏指著自己的胸前，只見她的左胸前縫上了一個名牌，上頭寫著——見習婢女……VIP1？

「後面的『VIP1』是什麼意思？」感到疑惑的我指著名牌問道。

「聽說儲值一百五十元就能成為VIP1，所以我就給了雨冬師父一百五十元了。」

「商城制啊！」婢女的體制到底是怎樣？怎麼感覺跟手機遊戲這麼像？

「而且首儲有首儲禮包喔，就是我胸前這塊嶄新的名牌。」

「妳絕對是被她騙了！那不過是隨便找一塊布縫上去！」

「聽說再儲五萬元左右，雨冬師父就會幫我升為VIP2。」

「為什麼VIP2的等級突然變得這麼貴！」

「畢竟開啟的功能很不錯，聽說VIP2得到的經驗值會變成兩倍耶！身為學武之人，怎麼可能錯過這個大好機會！」

「現實中根本沒有經驗條這種東西好嗎？」妳連是不是得到兩倍經驗值都無法確認！

「可是聽說之後還有體力回覆、自動戰鬥，將刀塗成紫色、橙色等的優惠耶——」

「這些怎麼可能在現實中有作用！」又不是遊戲，紫裝和橙裝有意義嗎！

「若是儲到最高的『VIP10』，得到的獎勵可是更驚人喔。」

「想必一定也是什麼大不了的東西——」

「如果是VIP10，我就可以不用『主人』稱呼你，而是直接叫你『季武』了。」

「——什麼？」

「我就可以不用『主人』稱呼你，而是直接叫你『季武』了。」葉藏再次重複她剛剛說的話。

雖然表情完全沒變動，但說到這邊時，她的眼中閃出一絲期待的光芒。

「……………………嗚。」我忍不住發出嗚咽聲，心也不受控制的緊縮了一下。

想必此時我的臉一定是紅了吧？看著葉藏傻傻的期待這種事，我突然覺得她有些可愛。

我趕緊搖了搖頭，把心中這股悸動給甩掉。

「妳、妳若是想叫我『季武』，現在直接叫就好啦。」

「這可不行。」她斷然道：「我的修練還不到家，要是這麼做的話——」

「會怎樣？」

「會死人的。」

「哪有這麼誇張！」

「不是我會死，是你會死。」

「為什麼？」

「被我這種女人直呼名字，你一定會噁心到想去死吧……」

「……」到底葉藏是怎麼長大的，怎麼可以對自己的女性魅力如此沒自信？

「聽好囉，葉藏。」我認真地看著她的雙眼，「妳身為女性的魅力，沒有妳想得那麼低。」

「？」她歪著頭，露出一副「你在說什麼」的表情。

「我不知道妳過去發生了什麼事，讓妳變得這麼自卑，可是──」

「我毀了自己妹妹的一生。」

「……」葉藏突如其來的一句話，讓我把接著想說的千言萬語吞了回去。

「我並不是自卑，我只是客觀的評價自己。」雖然表情依然沒有變化，但我注意到葉藏緊握著腰間的刀，就像是尋求什麼依靠地說道：「我這輩子，從沒做過一件讓我可以挺起胸膛驕傲說出來的事。」

「沒這回事……」

「我為了逃避過去的錯誤，堅守著『消滅罪惡』的理念，但是到頭來，我什麼都沒保護到。我毀了自己的妹妹，就連母親的死都無法阻止，最終，我甚至盲目的被母親給利用，想要將你們和自己都殺了。」

「……」

「我這樣的人，沒有擁有自信的資格。」葉藏的頭深深低下。

一股無依無靠的感覺從葉藏身上散發出來。

感受到她心情的我走到她面前。

「葉藏。」我拍了拍她的頭。

「──！」

一道斬擊揮向了我，我趕緊後退一步閃開。

「對、對不起！」剛剛揮刀砍向我的葉藏，手忙腳亂解釋：「我、我不是那個意思……只是太突然了，所以嚇到──」

「我知道。」雖然我的心中也非常驚慌，仍努力裝作沒事的樣子再度走上前去，手輕輕放在她的頭上，輕聲喚道：「葉藏。」

「……嗯。」她的身子雖然因為我的動作而顫抖了一下，不過這次有忍耐住，沒有再拔出刀來。

我決定趁這時，深入問題的核心。

「妳會恨妳的母親這樣對待妳嗎？」

「不會……」

「為什麼？」

「因為……我們家之所以變成現在這樣，一切都是因為我的錯……」

「咦？」

「一開始時，母親是很照顧我和妹妹的，並不是你之前看到的那副模樣。」

「真意外……」

病能者研究院時的事件浮現在我腦中。

院長給我的印象，就像是為了「世界和平」，可以罔顧其他任何事。

「但自從妹妹受傷後，我們家就此變了樣。」葉藏低著頭喃喃道：「母親變得『執著世界和平』，從家族中出走，我和妹妹被她丟了下來。不知該如何是好的我，只好執著於『消滅罪惡』，藉此讓自己安心。」

「到底……在妳妹妹身上發生了什麼事？」

「五年前，我在追捕犯罪者時，因為一時心軟，沒有給他致命一擊，結果——」

「妳的妹妹在事後被他盯上了？」

「是的，那名犯罪者找上我的妹妹，然後、然後……」

可能是回想到那時的場景，葉藏雙臂緊抱自己，不斷顫抖。

她的嘴巴一張一闔，卻一句話都說不出來。

從她的生理反應來看，我可以知道她極為動搖。

之後發生了什麼事，之前虛擬院長曾向我透露過一些。

葉藏的妹妹雙眼失明，葉藏也因此深深被影響。

但是，總覺得有些不對勁。

若是如此，為何葉藏會說「都是我的錯」？又為何會說院長就此「執著世界和平」？

這起事件中，似乎有著什麼我還不知道的關鍵之處。

「我、我……」葉藏的額頭滿布冷汗。

這是她心結的源頭，要是知道了，或許我就能為她做些什麼。

可是……看葉藏如此動搖的模樣，總覺得現在似乎還不是揭開真相的時候。

「沒關係的，葉藏。」

我來回撫摸她的頭，柔聲說道：「等之後有機會，妳再跟我說詳情吧。」

「可是……」

「沒關係的，之後的日子還長得很。」我對她露出笑容說道：「畢竟，我是妳的主人，對吧？」

「……」聽到我這麼說，葉藏抬起頭來，眼神中有著訝異。

她會這麼驚訝也是當然的，因為我從沒這樣乾脆的說我是她的主人。

葉藏的傷痕和心中的黑暗似乎比我想得還要深。但是不知道詳情的我，對此無能為力。

充滿迷惘的她，像是連接著該何去何從都不知道。

我閉起眼睛，盡力的感受她這股懊悔。

我曾經起誓過，要以我的「弱小」與他人共鳴。

既然我可以輕易地探查到他人的心思，那我就該體會葉藏的心情，不管是利用什麼都好，我必須提供她現在所需要的東西。

於是，我睜開雙眼，以平穩的語調開了口：「葉藏。」

「嗯？」

「記住一件事——妳還欠我一個救命之恩。」我本來不打算拿這個恩情束縛葉藏，可是我現在改變主意了，「妳曾說過，若是知恩不報，是武人之恥。」

「是的。」

「所以，在報完恩之前，妳就待在我身邊守護我吧。」

「……可以嗎？」

「當然可以，不過妳要答應我，若是妳之後成功報了恩——」我露出淺笑，以彷彿命令的語氣道：「妳必須以此自豪！」

「遵命——！」聽到我這麼說，葉藏單膝在我面前跪下說道：「雖然小的不成材，但是我會盡力的。」

就在這刻，我感受到葉藏身上的無助似乎少了一些。

暫時就這樣吧，讓她專注在報恩這個目的，不要胡思亂想。之後若是有機會，我再好好解開她心中的結。

「以後就請你多多指教了——」葉藏抬起頭來，總是面無表情的她，在此時露出了一絲淺笑。

「我的主人。」

季雨冬以我和季晴夏的婢女自居。

在過去兩年間，她因為被「刪除左邊」的病能籠罩，所以一直缺了半邊的身子。這樣的她幾乎無法行動，當然也無法貫徹婢女的職責。

在恢復正常後，季雨冬回到了婢女的身分。她勤奮的做著所有家事，不管是煮飯、打掃、洗衣、買東西……季雨冬都一手包辦。

她比我早起床、比我晚就寢，每當我需要什麼東西時，她就會像是一直待在我身邊似的突然出現，遞上我所需要的事物。

我偶爾看不下去想要幫忙，但她總是一口回絕。

她在拒絕我時的神態充滿戒備，讓我聯想到狗要被搶走食物時的眼神，就像是在說「別碰屬於我的東西」。

成為婢女是季雨冬的生存意義和逃避的方式，為了不讓她為難，自從碰壁一次後，我就再也沒提出要幫忙的要求。

可是，她有時還是會躲在暗處偷偷看我，像是有些不滿的模樣。

我不知道她在不滿什麼，所以也只能暫時置之不理。

不過後來事實證明，我這個決定大錯特錯。

我應該要問清楚是怎麼回事的，這樣說不定就能迴避之後所發生的慘劇——

某天，我一不小心在下午時睡著。

而就在入夜後——

「武大人，晚安。」我一如往常的被季雨冬喚醒。

睜開惺忪的雙眼，我看到了跪在床前的季雨冬。她穿著改造過的中國古代婢女服飾，腰間是黑色的繫帶暗釦，上頭用紅色繩結綁了一朵五瓣花，烏黑的頭髮則盤在後方，用繡球花的髮飾挽成了兩個環狀的髮髻。

她有著與季晴夏幾乎一模一樣的容顏，雖然身材比起姊姊似乎稍微豐滿些，但若不是一直待在她們身邊的人，是看不出來兩人之間微妙的差異的。

「晚安，雨冬。」

聽到我向她打招呼，季雨冬三指貼地，低頭向我行了一個禮。

我試著想要從床上起身——

「咦？」我的身形因為某個力量一滯，與此同時，四肢處也發出了「鏘」的金屬聲響。這股突如其來的阻力，讓我重新躺回了床上。

我朝手和腳一看，發現手腕和腳踝都被鐵鍊給固定住，綁在了床的四角。

「這是怎麼回事？」莫非有敵人來襲了？

但就算我陷入熟睡，也不可能有人能帶著敵意將我的四肢給綁起來，除非——這人是連我都無法對付的強敵！

「快逃，雨冬！」緊張的我趕緊大吼，要我面前的季雨冬趕快逃命。

「武大人別緊張。」季雨冬面帶微笑道：「沒有敵人，是奴婢將武大人綁起來的。」

「什麼？」

見我沒聽懂，季雨冬放慢語調，一字一句地說：「是奴婢，將武大人給綁在床上的。」

「……」的確，若是季雨冬在我熟睡時做了什麼，我也不會因為心生警戒而驚醒。

但是……

「妳為什麼要這麼做？」

「因為，奴婢想要盡好婢女的職責。」

「這種事妳不是平常就在做了嗎？」

「這樣還不夠。」季雨冬搖了搖頭。

「不夠？」

「奴婢失職了。」

「有嗎？」

「武大人難道不記得昨天晚上發生什麼事了嗎？」

「昨天晚上……？」

「武大人好過分，昨天晚上，武大人明明就做了一件傷透奴婢心的事情……」

「……咦？」我做了什麼？

我不斷攪動我的腦汁，但不管怎麼回憶，都想不起來我曾做過什麼會讓季雨冬傷心的事。

「昨天武大人、昨天武大人——」季雨冬一臉痛心地說：「自己拿筷子吃飯了！」

「……………………嗯？」

拿筷子吃飯，對，我怎麼沒想到呢？我的確是這麼做了。天啊，我怎麼這麼喪心病狂，做出這種會讓季雨冬傷透心的事——**才怪！**

「拿筷子吃飯又怎麼樣了！」

「武大人為什麼不讓奴婢餵你呢！」

「我都幾歲的人了！還要讓妳餵也太害羞了吧！」

「誰管你會不會害羞啊！重點是武大人讓奴婢沒服侍到你！」

「妳本末倒置了吧！」怎麼會以妳這個奴婢的心情為優先呢！

「自己吃飯就算了，武大人竟然還在之後自己洗澡、上廁所——甚至連用自己雙腳走路這種人神共憤的事都做出來了！」

「妳到底有多想服侍我！」剛剛那些事，根本就沒有讓妳服侍的空間吧！

「為了訓練武大人當個稱職的主子，所以奴婢在萬不得已下，只好將武大人給綁起來了！」

「……這兩者間的因果關係在哪兒？」

「只要武大人不能動彈，奴婢就能盡其所能的服侍你了，呵呵呵呵呵——」

「妳的笑容好可怕！」

雖然臉上的微笑一如既往的甜美和治癒，但眼神中可是充滿了混濁的慾望啊。果然強烈的認知可以完全改變一個人。

沒想到在扮演這麼多年的婢女後，季雨冬想要服侍他人的渴望竟然變得這麼——

「看啊，武大人，我體內的婢女已經變得這麼巨大了！」

「別用這句臺詞！」

「體內的婢女」是什麼東西！別用怪O的名臺詞好嗎！

看來前兩年被困在「刪除左邊」的病能中，似乎讓她累積了很多壓力。

「其實奴婢的願望也沒很過分，奴婢只希望武大人可以躺在床上什麼事都不要做，最後變成一個若是沒有他人服侍就什麼都做不到的廢人。」

「妳難道沒意識到這個願望就足夠過分了嗎！」

「奴婢心目中理想的主子，是那種可以在上位狠狠使喚奴婢，用盡全身心糟蹋奴婢的人。」

「妳是認真的嗎！」

「這有什麼好大驚小怪的。」跪在地上的季雨冬，一臉正經地說：「奴婢只是……被主子糟蹋會感到安心而已。」

「等一下、等一下──！妳是怎麼了！」

妳是發生什麼事了？怎麼變成被虐狂了！

「武大人誤會了，奴婢這個和被虐狂是不同的，奴婢這個叫作『被使喚癖』。」季雨冬彷彿心有靈犀地回答我心中的疑問。

「『被使喚癖』？」

「顧名思義，就是被他人使喚會很開心，若是不被使喚就很難過，簡稱：『再、再多使喚我一點，拜託！』」

「為什麼簡稱比較長！」而且聽起來好像正在玩什麼特殊 Play！

「要是舉個實例說明這種癖好，那大概就是：『可以請妳幫我倒杯水嗎？』這種程度的使喚，奴婢會感到不安。但若是『喂，妳這混帳傢伙沒看我渴了嗎（潑水過來）』這種程度的奴役，奴婢就會覺得很棒。」

「我認同妳剛剛說的話，這的確不是被虐狂──」

因為這是神經病啊！妳的角色怎麼可以崩壞成這樣！

「總之……武大人乖乖躺著不動就好，若是要吃飯奴婢會餵你，要上廁所和洗澡奴婢也會幫忙。武大人只要乖乖被我服侍就好了，呵呵呵呵呵呵呵……」

「妳這已經完全是另一種角色了吧！」

這怎麼跟病嬌這麼像啊！

「奴婢這才不是病嬌。」季雨冬眨了眨水靈的大眼睛道：「病嬌是因為對一個人的愛過於龐大，所以想要占有對方的一切。可是奴婢的心中，並沒有任何一絲對武大人的愛戀之情。」

「……完全沒有？」

「是的，完全沒有。」

「……」雖然早就知道是這麼回事。但是為什麼呢？聽到季雨冬斬釘截鐵地說出這種話，讓我感到心中有些煩悶。

「身為婢女，對主子抱持著愛戀之情是不被允許的事。」季雨冬垂首道：「即使是稍稍起了一點這樣的念頭，都是失職。」

「妳還是沒有改變啊……」

我本來以為在經過「病能者研究院」的事件後，她會有所不同的，但果然她還是什麼都沒變。

緊緊抓著「婢女」這個身分，不敢對任何事情抱有期待。

「奴婢永遠不會變的，奴婢會跟在武大人和姊姊大人身後，也會做出你們想要奴婢做的事。」她對我展露了一個純白的笑容。

那個笑容雖然非常好看，可是那之中一片空白，什麼都沒有。

「……妳不會到我身旁，也不會走在我身前，對吧？」

「是的，這就是奴婢最後也最大的願望。」

「……」

這個祈願，其實就是放棄自己的祈願。想必只要我和季晴夏開口提出要求，她就會做出任何事吧？但這樣的她，跟個聽從命令行事的人偶有什麼兩樣？

這一瞬間，我起了衝動，想要用「病能」探查季雨冬的心思。

只要是人類，就應該有所期待。不抱持希望活著，那是不可能的事。更別說無情無慾的聽人命令行事了。

難道她都沒有任何願望嗎？就算只是微小的事也好，我想要知道她想要什麼，想走向怎樣的未來。

我左手背上的藍色蝴蝶消散，悄悄聚成了眼睛、耳朵、鼻子、嘴巴的形狀。

一直以來，我都沒有用「病能」探測熟識的人，就算偶爾這麼做了，也是在無心之中探查到表面的生理狀況，進而分析出對方的感受和心情。

但我現在要做的事與以往的有極大不同，因為我想要將全部的注意力都擺在季雨冬身上。

只要開啟「四感共鳴」全力觀測她，說不定我就能知道季雨冬在想些什麼——

「——別用『病能』探測親近的人，小武。」

季晴夏曾經說過的話在我心中響起，阻止了我的動作。我緊握拳頭，抑制住自己即將要發動的「病能」。

就算我這麼做了又如何？最關鍵的我和季雨冬本質是沒有變的。

既然最根本的問題沒有解決，我就算知道了真相，那個真相也是偷來的。

竊來的東西無法光明正大的拿出來使用，我無法用它和季雨冬理論，也無法依據它而行動，我甚至連「知道」這件事都不能讓季雨冬知道。而且，若是一不小心挖到了季雨冬一直以來想隱瞞的事，狀況說不定會變得更糟。

除非萬不得已，對親近之人使用「病能」，是絕對不能做的事。

但是……也不能什麼都不做吧？

「雨冬。」

「是。」

「不管是什麼要求，妳都會為我實現對吧？」

「奴婢會盡力達成武大人的期望。」

「那麼，若是我說我想看妳扮成我喜歡的模樣，妳會怎麼做呢？」

「是角色扮演的意思嗎？Cosplay 成武大人心中理想的女性？」

「是的。」

「好的，那奴婢現在馬上扮演姊姊大人——」

「我想要看『不是奴婢的季雨冬』。」

「咦？」

我使用「病能」，扯斷右手的鎖鍊，一把抓住了季雨冬的手腕。

可能我的行動和回答完全出乎她意料吧，她露出了呆愣的表情。

我以再認真不過的表情又說了一次：

「我想要看『毫無遮掩的季雨冬』。」

「……………」季雨冬頭往旁偏了偏。過了一會兒後，恢復冷靜的她面對我的眼神，露出往常的笑容道：「既然武大人如此希望，奴婢知道了。」

在我面前，她緩緩解開腰間的繫帶暗釦，將上半身的衣服給解開，露出裡頭高高隆起的紅色肚兜。

她光滑白嫩的雙肩和頸背出現在我面前，耀眼得幾乎無法直視，不知從哪兒傳來的香氣也讓我心跳不已。

季雨冬將手伸向背後，就要將紅色肚兜的繫帶也解開——

「妳到底在做什麼！」滿臉通紅的我趕緊一把抓住她的手。

「武大人不是想看『毫無遮掩的季雨冬』嗎？」

「我不是這個意思……」

「奴婢的一切都是武大人的，武大人想怎麼做就怎麼做。」一樣滿臉通紅的季雨冬這麼說道。

「妳……」

「這對武大人而言太害羞了是嗎？那就到此結束吧。」

這傢伙……竟然用這招想要蒙混過去。

但別想我就這樣放過妳。

在剛剛扯斷手上的鍊子時，我發覺了一件事——

「既然妳說妳什麼期待都不敢有，那妳為何要將我綁起來？」

「奴婢只是想盡好自己的本分，服侍武大人——」

「那根本就不用限制我的行動吧。」

「這個……」

「『想要我不能動，乖乖給妳服侍』，那也是一種『期望』。」

季雨冬並不是沒有任何改變。

我真傻，竟然直到此時才發覺。

「……嗚。」被我的話一堵，季雨冬再度偏過頭去，逃避我的目光。

「既然妳想要服侍我，那就好好將它說出口！」

「我……不，奴婢……」

連自稱詞都變了，再加一把勁！

——**沙**。

因為過於專注，我並沒有注意到我桌上的筆電中傳來了雜音。

「說啊！說妳『想要盡情服侍不能動的季武！』」

「我、我……」季雨冬想要掙脫我的手，但我使勁抓住，不讓她閃躲。

我們兩個以極近的距離注視著彼此，我感到季雨冬臉上的婢女面具，似乎被我強勢的舉動剝落了些——

——**沙沙沙**。

「雖然在這時候打擾你們似乎不太好。」

此時，一個熟稔的聲音突然從我的筆電傳出。

我轉過頭去——

一位手拿木質扇子、穿著層層疊疊和服的嬌小女性，就這樣站在我們面前。

當看清她的身影後，我驚訝地雙眼圓睜，腦中一片空白。

——絕對不會說謊的存在。

在「病能者研究院」差點殺了我們的虛擬院長，就這樣透過我的筆電投影到了我們面前。

「妳怎麼……會出現在這邊？」

「現在可不是說這個的時候。」攤開手上的扇子，虛擬院長微笑道：「要是你們再不採取行動，就要死了喔。」

——虛擬院長說的話每一句都是實話！

「趴下！」

我掙脫其餘手和腳的鎖鏈，抱著季雨冬趴到了地上！

——鏘！

在此同時，無數的子彈從我們窗戶射了進來，打破了我們的窗戶。

多虧虛擬院長的提醒，我在還未知道危險是什麼前就先採取了行動。

大量的鋼鐵子彈就這樣從我們的頭上和耳邊削過！

「『兩感共鳴』！」

我開啟「病能」，探查到底是發生了什麼事。

我們租的公寓位於四樓，只見數十個穿著迷彩服的軍人，正從一百公尺外的公寓中，拿著步槍朝我們的房間不斷傾瀉子彈。

普通的公寓，根本就無法靠著薄薄的脆弱牆壁擋住貫穿力十足的步槍子彈。於是，他們不斷的將子彈送進來，讓我和季雨冬完全無法起身。

「這些人到底是誰！為什麼要襲擊我們！」

在東西不斷碎裂的聲響中，我大聲問著眼前的虛擬院長。

即使無數的子彈穿過她的身體，她依然毫不在意地揮著手上的扇子，以悠閒的語氣回答我：「現在似乎不是回答你問題的時候，你們還是先想辦法度過眼前的危機吧。」

「回答我的問題！」

「就說了——」

——砰的一聲！

子彈打壞了我的筆電，因為無法繼續進行投影，虛擬院長的身影登時消失。

遠處隱隱傳來了葉藏的呼喊聲和刀劍碰撞的聲音。

看來不只對面，就連正門都有敵人攻了進來。

我尋思著要怎麼解決眼前的狀況。現在最大的問題，是我還必須花心力保護季雨冬。

「兩感共鳴」是對我來說最為合適的病能狀態。這樣的感官開啟，並不會對我的身體和大腦產生太多負擔，我可以保持這樣的狀態持續將近二十四小時。

但若只有「兩感共鳴」，我無法在這麼近的距離，將這些步槍子彈全數接下。

雖然把感官共鳴開到「三感共鳴」或是「四感共鳴」，就能很輕易的解決現在的危機。但是在這麼做之前，我必須確保現在的狀況不會演變成長期戰。

因為若是我一不小心過度使用能力而倒下，那就再也沒有任何人可以保護季雨冬了。

「主人，小心！」一聲大喊打斷了我的思考。

在我的視野中，一顆手榴彈就這樣滾到了我和季雨冬面前。

離爆炸時間，只剩下一秒——

瞬間反應的我抓起了那顆手榴彈站起身來！

——無數的子彈填滿我的視野。

從地板上起身的我，面臨的是幾乎要壓垮人的彈雨。

冷靜下來。

在這極限狀況，我睜大雙眼看著面前的子彈。

就算看起來如此密集，但子彈是不可能同時抵達我身上的。

既然無法同時抵達，那就表示其中有著微小的空隙。

在數百顆子彈織成的鋼鐵網中，我分析它們的軌道，努力在幾近沒有的空間中遊走和轉動身軀。

無數的子彈劃破我的衣服、擦過我的皮膚，讓我感受到刺痛的灼熱，但它們依然沒有對我造成太大傷害。

我輕彈了一下手指，將手榴彈往窗戶外丟去。

——轟！

手榴彈在夜空中爆炸。熾熱的爆風就像煙火一樣，在一瞬間點亮了夜晚。

可惜反應時間不夠多，無法將這顆手榴彈丟到敵人那邊，但強烈的亮光和爆炸產生的煙霧，已經足夠讓他們的行動稍微停頓。

「葉藏，過來！」在子彈沒有那麼密集的瞬間，我大聲呼喚葉藏。

「是，主人！」

一道三角形的斬擊劃破牆壁，葉藏衝到了我和季雨冬身邊。

在牆壁的破洞中，我看到五個穿著迷彩服、右手拿戰術小刀、左手拿著手槍的敵人。我不知道那些像是軍隊的人是打哪兒來的，可是我敏銳地感覺到他們都受過精良的訓練，有著非常高的身體素質。

「葉藏，用妳曾經用過的那招，就是正座在地上，將踏入妳範圍內的東西全都斬斷的招式！」

「主人是說『靜之勢』嗎？」

「不管那是什麼，用那招守好妳跟季雨冬！」

「可是『靜之勢』有缺點，一旦發動，我就再也無法移動。」

「沒關係。」

「就算守住也沒用，若是我們被困在這邊，就只是坐以待斃──」

「沒這回事。」我打斷葉藏的話。

深吸一口氣，我閉起了眼睛。

「因為──我會把他們全都解決掉！」

打開「三感共鳴」！

在我們說話時，鋪天蓋地的子彈又飛射到我們面前！

在葉藏還沒有打開「靜之勢」之前，我必須先將這些子彈清除，守護我身後的葉藏和季雨冬！

緩緩睜開雙眼，我用變成「三」的瞳孔注視著面前的彈網。

每一顆子彈之間都有著微妙的時間差。

在我的超感受力面前，那些子彈就像是以極為緩慢的速度在飛行，我可以清楚的瞭解子彈群的軌道，進而推算出接下來的彈道為何。

在幾近停止的時間中，我配合子彈的速度伸出右手大拇指，抵住了第一顆子彈的側面——

「喝！」

我使力讓它偏移軌跡，讓它撞到它旁邊的第二顆子彈。

——鏘！

兩顆子彈在空中相撞，濺出激烈的火花和聲響。

偏移彈道的子彈「咻咻」兩聲從我們兩側削過，打到身後的牆壁！

只要巧妙運用子彈間的時間差使其相撞，不花費力氣將子彈接住也是可行的。

右手食指抵住第三顆子彈、左手手肘抵住第四顆子彈、左膝抵住第五顆子彈——

一個旋身！

三顆子彈被我一次推了出去，撞到了另外三顆子彈！

——鏘鏘鏘！

看到我徒手就將子彈打落，若是一般人一定會因為驚訝而稍稍停止動作。

但是眼前這群敵人完全沒有任何動搖，扣下扳機的速度只能用毫無猶豫來形容。

「持續開火！不要停！將這些病能者全都殺了！」

遠方的敵人繼續下令！

「嘖……」

要是心生動搖就好了，至少會有可乘之機。但是這些人的表現，既沉穩又老練——就像是非常習慣與病能者戰鬥。

「到底是怎麼回事……」

沒有任何人回答我的疑問，唯一回應我的，就是永不間斷的子彈。

但是……他們還是太小看我了。

不管你們子彈來襲得再密集都沒用。

人必須思考、必須瞄準、必須運用肌肉扣下扳機。

只要是人類打出來的子彈，就一定會有時間上的落差！

就算那只是零點零幾秒的時間空缺，對我的「三感共鳴」來說已經是完全足夠了！

——鏘鏘鏘鏘鏘鏘鏘鏘鏘鏘鏘鏘鏘鏘鏘鏘鏘鏘鏘鏘鏘鏘鏘鏘！

面對宛如豪大雨的子彈，我不斷運用手指、手掌和身體的其他部位將其推往其他子彈！

不斷的捕捉子彈、不斷的讓其和其他子彈相撞！

無數的火花和撞擊聲在我身前響起，就像無數的鞭炮在我眼前爆炸！光和火在我身前構成了一道牆，而不管是怎樣的攻擊，只要撞到這堵牆，就會被消滅、往兩旁消散，無法越雷池一步。

金黃色的彈頭在我們身後兩側堆成了兩座小山，至於地板和牆壁也早就被這陣密集的射擊給打成了蜂窩。

但不管他們怎麼拚命扣下扳機，打出多少子彈，我們三人還是絲毫無損。

「主人，好了！」

隨著葉藏的語音一落，我感到身後的空氣為之一變！

以葉藏為核心，一股恬靜的氛圍向外擴散，逐漸讓她周遭的空氣變得沉穩、凝重。

雖然房間中滿是閃光、煙硝和巨大的槍響聲，但這依然無法影響葉藏，她的雙眼宛如夜晚的湖水般平靜，毫無任何一絲漣漪。

我試著漏掉一顆子彈，讓它襲向背後的葉藏。

等到我反應過來時，葉藏已經收刀了。

因為速度過於快速，我連子彈被砍斷的聲音都聽不到——我只看到結果。

子彈被斬成兩半落在地上，而葉藏以正座的姿態坐在季雨冬身前，就像是從來沒動過。

一刀。

不過是一刀。

這股靜寂就影響了所有人。

穿著迷彩服的人全都停止了動作，本來冷靜無比的他們，就像是失了魂似的，愣愣地看著葉藏。

我完全可以理解他們的震驚。第一次看到這道斬擊時，我也被它的危險給震懾、被它的美麗給吸引。

若不是親眼見到，是難以想像這世間怎會有此等刀術的。

「家……」在我們身後，拿著戰術匕首的人驚訝無比地說：「『家族』之人！這裡……這裡竟有『家族』的人啊！」

隨著他這聲驚呼，不只是他，所有敵人都露出明顯動搖的神色。

葉藏和虛擬院長曾說過，他們來自於一個古老的「家族」，靠接受他人委託，消滅罪惡為生。

從這些人的反應來看，「家族」是個人人懼怕的存在——

「那個腦袋都有毛病的『家族』嗎？」

「那個明明刀術高強，但是腦袋都有問題的『家族』嗎？」

「那個雖然腦袋都異於常人，但是腦袋都異於常人的『家族』嗎？」

……這個「家族」到底曾經做過什麼，怎麼被人這樣評價啊？

還有最後那個，你轉折語後面接的句子跟前面不是一樣嗎？

然而仔細想想，不管是院長還是葉藏，的確都和一般人有所不同。

院長執著於自己的目標，甚至將自己的生命都葬送了進去；而葉藏則因為過去的後悔，將自己的肉體鍛鍊到極限。

「別管那麼多了，就算有『家族』之人在，也不能放過季晴夏的弟弟和妹妹。」

咦……這群人怎麼知道我和雨冬的來歷？

「喂！你們到底是誰？」

我向眼前身後穿著迷彩服的人質問，他則以冷漠的態度回答我。

「我們是『滅蝶』。」

「『滅蝶』……？」這是什麼組織？

在我還想進一步詢問時，無數子彈射了過來，讓我錯失了時機。

此時，從他們戴的無線電中，傳來了一個成熟沙啞的男性聲音：「各位，我是『滅蝶者』。」

所有人在聽到「滅蝶者」名字的那刻，身上的肌肉瞬間繃緊，將注意力投向無線電中的聲音！

從他們的反應來看，這個名叫「滅蝶者」的人，應該是統率他們的人。

「『滅蝶』的同志們聽令！一定要達成任務，將季晴夏的弟弟和妹妹給殺了！若是辦不到，世界會被『病能者』毀滅的！」

為什麼要殺了我和雨冬？我們的生死和世界又有什麼關係？

無數的疑問在我們心中浮現，但接踵而來的攻擊，讓我連開口詢問的機會都沒有。

「這個任務，唯有我們『滅蝶』能完成！讓我們來拯救世界吧！」

「是——！」面對「滅蝶者」的激勵，所有穿著迷彩服的人以震耳欲聾的聲音回應了他。

此時，我注意到另一件事。那些人的手臂上都有著一個臂章，上面畫著蝴蝶，然後一個紅色的大叉砍在蝴蝶上頭。

——就像是要消滅病能者似的。

不知為何，看到那臂章時，我直覺性地意會到那個符號的意義。

就在我打算進一步思考時，宛如天羅地網的子彈又籠罩了我們，打斷我的思緒。

當然，在發動「靜之勢」的葉藏面前，這些子彈都無法起作用。

以葉藏為圓心，她的刀所能觸及之處就是她的領域。

不管是什麼東西，只要在踏入這個圓的瞬間，就會被她的刀削斷、落下。

損壞的子彈不斷掉落，這些子彈的殘骸不斷在葉藏領域的邊緣處堆積，讓她身邊出現了一個純白的圓。

季雨冬抱著雙膝、縮起身子，悠閒的坐在那個圓中。一點緊張感都沒有的她，甚至還跟我做了個鬼臉。

看到這情景，我確信了她們兩個暫時是安全的。

我將頭轉向前方，現在的我有兩個選擇：先解決身後拿刀的敵人或是眼前開槍的敵人。

我只花了一秒思考就得到了答案。

若是身前的密集彈網消失，那葉藏就可以解除「靜之勢」，憑她的本領，解決後面的敵人完全不是問題。

於是，我在彈網的空隙中不斷穿梭移動，一躍跳到了四方形的窗框中。

「三感……共鳴。」

蹲著身子的我右手緊握窗框，雙腳也使力踏穩。

繃緊身子、凝聚精神，我一邊用左手將子彈撥開，一邊將所有力道蓄積在腳下。

——劈啪。

因為無法承受我的蓄力，我腳底下的窗框和水泥牆產生了裂痕！

想像自己是一支箭，而這個窗是弓架。

注視著眼前漆黑的夜空和遠處的敵人，我無視腳下傳來的異響，持續累積腳下的力量！

——劈啪劈啪。

裂痕從底下擴散，逐漸滿布整個水泥牆！

就在牆壁再也無法承受的那瞬間——

——砰！

我用力一踏，整道牆就像餅乾一樣碎裂！

藉著這股大力，我就像是一支離弦的箭，以極高的速度飛向了敵人！

今晚的夜空特別安靜，靜到讓我覺得有些奇怪。

從我們這邊到對方那裡約莫一百公尺，依照我現在的速度，大概只要兩秒就能抵達！

這兩秒和一百公尺，就是我們勝負的決定之處！

因為只要我抵達他們所在之處，就算他們人數再多十倍也不是我的對手。

對方一定也很清楚這件事，所以他們會拚盡一切在空中把我留下。

離抵達他們那邊，還有七十公尺！

「就是現在！」

「滅蝶者」的聲音再度從他們的無線電傳出。

「滅蝶」的人同時將槍放下，換成一把類似火箭砲的筒型槍械。

「開火——！」大小有如棒球的球形子彈衝了出來！

是炸彈嗎？若是這類殺傷力強大的武器，因為數量比較少，對我來說反而更好應付！

我伸出手去，打算運用巧勁偏離那些炸彈——

——轟！

只是出乎我意料的，那些球形炸彈才剛發射出去就爆炸了！

無數的粉末從其中竄了出來，將我面前染成一片黑，遮蔽了我的視覺。

「沒有用的！」

我並不是只有視覺而已。延伸自己的感官，我運用除了視覺外的知覺，想要穿透那片黑霧觀測敵人的動作——

「咦？」

我竟然……看不穿那片黑霧的後方？

這讓我非常的訝異。我的「超感受力」，是讓五感同時產生作用，至於「幾感共鳴」只是共鳴強度上的差異，就像電風扇的弱、中、強。

就算是最弱的「兩感共鳴」，也是在用五感觀測這個世界。

當我注視前方時，我其實也同時用聽、嗅、觸、嘗感受眼前的事物，我不會因為被遮蔽視覺，就無法看穿這片黑霧。

但這片黑霧中充斥著許多雜亂的資訊。不但有惡臭、辣椒粉、金屬碎片，還有無數的小電流在其中流竄，這些雜訊，在一瞬間擾亂了我的感覺。

雖然會多花費零點幾秒，但是我必須讓感官和知覺繞過這片黑霧——

「開火！」

——無數的子彈從黑霧中突然現身！

因為注意力被黑霧遮罩，直到子彈抵達我面前時，我才發現了這件事。

子彈幾乎要觸到我的皮膚，我甚至連上頭的金屬味都聞得到！

他們竟瞄準了這一瞬間的空隙將子彈打了過來。而且更讓我意外的是，子彈並非是之前一顆顆的步槍子彈——而是一大片！

無數的子彈呈現錐形向我襲來，完全填滿了我面前的空間。

「竟然換成霰彈槍了！」

這些傢伙的計畫竟如此周延。比起精準，他們選擇了讓我沒有閃避的空間。

眼前的子彈網密得完全沒有空隙，就像是黑色的沙塵暴！

——還剩五十公尺！

在空中的我完全無法移動！

在此電光石火的瞬間，我的腦袋不斷為了生存而轉動。

要開到「四感共鳴」嗎？

不行，之後我還要對付那些敵人，葉藏她們那邊說不定也會需要我回頭去救助，我不能濫用「病能」。

我現在需要的是——能阻擋這些子彈的「武器」。

緊緊握住右手，季晴夏曾說過的話在我腦中響起。

「——小武，你知道嗎？人的身體是非常神奇的。」

為了讓我有保護自己的能力，季晴夏在以往一起生活時，曾教導我怎麼運用自己的「病能」。

「人的骨頭只要經過一個『步驟』後，就能阻擋刀和金屬，你知道那是什麼嗎？」

「那就是——提高它的密度！」

併起五指，我甩動自己的右手。

——喀嘰！

使用超感受力操作自己右手的皮膚和肌肉，我不斷壓縮自己的骨頭。

將皮肉化作液壓機，讓它們從上下左右各個方位壓縮骨骼。

骨頭不斷發出「喀喀喀」的刺耳異響。在這樣的擠壓下，我的手掌越縮越小、越縮越小——直到原先的一半大小。

「喝——！」

我揮動右手，擊落了所有在我面前的子彈！

果然，這招是可行的！只要壓縮骨頭，讓骨頭的密度變高，那麼它就會變成能與鋼鐵抗衡的武器！

「嗚……」

抱著右手，我發出了痛苦的嗚咽聲。

雖然多了一個武器，但我也付出了代價。

因為除了骨頭，右手的皮膚和肌肉完全無法抵禦子彈，這使得雖然骨頭完好，但除此之外的部分都是一片血肉模糊。

沒關係，雖然可能會稍稍影響右手的細部動作，但大體上無礙。

——距離敵人，還有三十公尺。

我不會再大意了。

我以自己為圓心延伸知覺，擴大反應，把感知散布出去，將周遭一公里的情景盡收眼底。眼前的敵人有十個，葉藏那邊則有五個，除此之外，再也沒有其他任何類似人類的生理反應。

看樣子他們在發動襲擊前，已經先將這附近的居民都調開了。

但這舉動也害了他們，因為這表示——只要盯緊眼前的人，他們就玩不出任何把戲！

在我「病能」的監控下，就算他們再有什麼出人意料的計畫，我都不會跟剛剛一樣露出空隙。

可是，「滅蝶者」接下來發布的命令，完全超出了我的理解。

「停火！」

他們所有人都停止了動作，從窗邊退開。

——就像是要歡迎我進入似的。

在我的極高速下，這三十公尺的距離瞬間化為烏有。我順利的從窗子侵入到房子裡頭，站到了他們身前。

他們到底在想什麼？要是我來到他們面前，就意味著他們註定敗北——

「我們贏了。」

「滅蝶者」的聲音從無線電中發了出來，所有「滅蝶」成員也都在此時露出了笑容。

啪的一聲！我身後的窗子關起。

巨大的警報聲在我心中迴盪，感知和直覺也在這瞬間起了作用！

這房間不對勁！雖然表面上看去只是普通的公寓，但不管是牆壁、地板和天花板內都包著鐵。

這是個陷阱！

「滅蝶者」以冷漠的聲音透過無線電向我說道：「再見了，季晴夏的弟弟。」

——啪！

「滅蝶」十人打開衣服，每個人的腹部上都有著一道長長的手術痕跡。

我放太多注意力在攻擊和敵人身上，竟然沒發現這件事！

他們的體內，都埋著高性能的炸彈！

要是爆炸，不用說我了，就連季雨冬她們都不一定能平安無事。

他們疏散方圓一公里內的人，並不是為了防止暴露，而是為了不讓這個爆炸波及到其他人！

事前所有的攻擊都是障眼法，這些毫不間斷的襲擊，不過是為了讓我無暇發現這個最後的殺著。

而且——

「這算什麼……」

他們體內的炸彈配線極其複雜，讓炸彈沒有任何短時間內解除的方法，而且做得更絕的是，這些炸彈還設定了定時裝置，就算什麼都不做，它也會在三秒後爆炸。

「這算什麼啊——！」

這些人從一開始，就是抱持著必死的決心來的！

除非將炸彈砍成碎末，要不然這些炸彈註定會引爆。

「滅蝶」的人露出豁達的笑容舉起手來，他們的手中，都有著引爆炸彈的按鈕。

為了殺我們一行三人，這十五人早就做好犧牲自己的覺悟了！

「滅蝶」這組織，比我想得還瘋狂！

「去死吧——！」所有人的大拇指都按了下去。

再這樣下去——我們所有人都會死！

「四感共鳴！」

我衝到那十個人面前！

此時，他們的大拇指已經觸到了按鈕上。

我必須在這零點幾秒的瞬間，將這十人還有他們體內的炸彈都解決掉！

來得及嗎？

不，這已經不是來不來得及的問題了。

就算開到「五感共鳴」，我也要阻止這場爆炸——

「那個……」

在這電光石火之間——

一個詭異至極的事件突然發生。

「我看到你們了……」

——一名嬌小瘦弱的女孩忽然出現在我們中間。

這個嬌小的女孩拿著薄到幾乎透明的刀，穿著和葉藏相似的服裝，頭上綁著鑲有羽毛裝飾的頭帶，大腿根部刺有代表病能者的蝴蝶印記，而這個印記不知為何正發出光芒。

就像是憑空出現，我的「超感受力」在事前完全沒有探測到她的存在。

接著，更加詭異的事發生了——

在「四感共鳴」的我眼中，因為過於理解這個世界的事物，加上我的身體能力遠超一般人水準，所以任何移動的物品，在我認知裡都跟靜止沒兩樣。

可是眼前這名瘦弱女孩的行動，竟大幅脫離了我的「理解」。

答、答、答——

她在凍結的世界中，以順暢到令人害怕的步伐，從我和滅蝶「十人」旁走了過去——

所有「滅蝶」的成員都死了。

「咦……？」

我無法理解發生了什麼事。我沒有看到刀揮動，也沒有聽到死前的慘叫。只不過是和那個女孩錯身而過的一剎那，「滅蝶」的人和體內的炸彈就被刀給支解成碎片。

整個過程一點聲音都沒有，要是閉上眼，你甚至感受不到這一切曾經發生。

無數的鮮血從空中灑落，將那個殺了所有人的嬌小死神染成一片紅。

銀白的月光從窗戶中灑了進來，將她的臉孔點亮。

「季武哥哥你好，我是葉藏的妹妹。」

身上沾滿鮮血的她。以黯淡的瞳孔注視著我，露出天真無邪的笑容說道：

「我的名字叫作『葉柔』。」

葉柔臉上的笑容非常純淨。

若單單看她的笑容，你會覺得她是個什麼都不懂的國中小女生。

不僅是笑容給人這樣的印象，葉柔的身軀非常嬌小纖瘦，彷彿碰得大力點就會折

斷。

她整體散發的氣質非常柔弱，一舉一動都誘發他人想要保護的慾望。

——但就是這樣看似人畜無害的小女孩，在剛剛一瞬之間肢解了十個人。

雖然臉上是單純至極的笑容，但葉柔身上滿是血跡，腳下踏的也是無數屍體的碎塊。

這種巨大的反差，反而讓這個情景看起來詭譎至極。

「妳剛剛……到底做了什麼？」

我不知道葉柔做了什麼。

開到「四感共鳴」的我，竟然完全不知道她剛剛做了什麼。

「季武哥哥，你就是在『病能者研究院』救出姊姊的人，對吧？」

葉柔的聲音很輕很軟，就像是在跟你撒嬌，可是聽到後，我竟不自覺地發起抖來。

答、答、答、答——

她緩緩地向我走來。

「不、不要過來……」我不斷地向後退，額上滿是冷汗。

因為過久沒有感受到這股感情，我直到此時才意會到那是什麼。

——那就是恐懼。

眼前的葉柔，讓我恐懼萬分。

無法理解……我無法理解眼前的葉柔。

在剛剛的短暫瞬間，我一直用「病能」探查她的身體，但得到的資訊只是讓我更加混亂而已。葉柔的身體能力只有國小女生的程度——不，應該說，她甚至連國小女生都比不上。

孱弱的她別說殺人了，感覺任何人只要願意，都可以輕易把她殺死。

而且不只她的肉體狀況匪夷所思，還有另一個詭異的地方——她的雙眼，竟是盲的。

也就是說，現在朝我走來的她，應該是處於什麼東西都看不見的狀態。

眼盲、年紀小、身體能力低落。不管從哪個角度看，她都是一個弱小無比的存在。

她究竟是怎麼殺了那十個人的——

「嗚……」眼前的視野突然一晃，打斷了我的思考。

我的腦袋感受到劇痛，彷彿一根鐵條插到了腦中攪動！維持「四感共鳴」過久的我，在此時嘗到了副作用。同時，不斷後退的我已退到了牆邊，再也退無可退。

在逐漸模糊的視線中，葉柔朝我逐步逼近。

「雖然現在看不到……但好想看到你呢……季武哥哥。」葉柔以細小的聲音這麼說。

她手上的刀子映著月光，發出銀白的光芒。

因為刀面過薄，剛剛殺人的血完全沾不上去。

「別靠近我！」恐懼讓我大喊出聲。

頭痛變得益加激烈，我感到腳下的地板非常鬆軟，像是要塌陷似的。

「不要再靠近我了！」

我靠著「超感受力」認識這世界。

一直以來，我都深信這世界中，沒有我無法「理解」的事物。但是葉柔輕易地打破了我長久以來深信的事物，剝奪了我賴以站立的立足點。

我不知道現在的我該怎麼與葉柔對抗。

因為，我從沒用過除了「病能」以外的方法啊！

「啊啊……」

——眼前的世界大幅度的扭曲。

「啊啊啊啊啊啊啊啊啊啊啊啊啊啊啊啊啊啊啊啊啊啊啊啊——！」

「無法理解」的恐懼，讓我失去了冷靜。

我一邊大喊一邊衝向葉柔，想要將眼前的恐懼給抹殺掉！

一定是我搞錯了。

「四感共鳴」的我，怎麼可能看不清葉柔做了什麼。

只要像以往一樣展開認知，我一定能——

「季武哥哥——」

葉柔露出任何人看了都會心生憐愛的笑容輕輕說道：「我清楚地看到你了。」

一陣強烈的衝擊襲向我的後腦。

什麼都沒看到的我，就此失去了意識。

可能是葉柔給我的恐懼太過深刻。

這股恐懼喚醒了我一直深埋在心中的回憶，讓一段我始終不願想起的回憶浮上心頭。

在過去，我曾和季晴夏有著這麼一段短短的對話——

「小武。」

「什麼事，晴姊？」

「人的大腦其實很奧妙，你知道嗎？」

「怎麼說？」

「單單一個人的大腦細胞，數量就是世界人口的兩倍之多，而且每一秒都進行著超過十萬種的化學反應。大腦中的神經元數量跟銀河系的星星一樣多，每天可以處理六千八百萬條左右的訊息，一生可以憑記憶記住一百兆條的信息。」

「聽起來真是驚人。」

「而且每一個神經元傳遞訊息的速度，可以快到每小時四百公里喔！」

「比高鐵還快一倍……」

「既然人類的大腦這麼神奇，不管是效能、數量、速度都比這世上的所有機械優秀

許多，那麼，為何不好好利用呢？」

「利用？要做什麼？」

「如果我用人類的大腦建構一部電腦，那會如何呢？」

「咦……」

「我想用人類的大腦做一部超級電腦。」季晴夏右手扠著腰，露出自信的笑容道：「如果真的成功了，這將會是前無古人、後無來者的『最強電腦』吧。」

看著季晴夏那我已看過無數次的笑容，我的心中起了一絲畏懼。

這段過往，始終被我藏在記憶深處。

我一直想要忘了它。

我不想承認我曾經害怕過晴姊。

因為——

一個正常人類，是不會想要用人類大腦去建構電腦的。

——沙。

一個細微的聲音在我頭上響起，接著，某樣事物觸到了我的手臂，喚醒了我。

我睜開雙眼，瞬間將警戒心提到了最高！

坐起身，我用硬化的右手擋在臉的前方，開啟「三感共鳴」探查身邊的環境。

戰鬥還未結束！

要是我開啟「五感共鳴」，即使是葉柔，我也能理解——

……

靜悄悄。

別說葉柔了，我的周遭安靜無比，一個人都沒有。

剛剛聽到的沙沙聲是微風搖動樹葉的聲音，而觸碰到手臂的不過是一片小小的落葉。

我看了看四周，發現自己正身處在一個非常典雅的環境中。我躺的床由翠綠的竹子編成，床邊的窗戶不是西式的透明玻璃，而是已經敞開、雕工細緻的木窗。

清新的微風從窗子徐徐吹入，讓人感到舒暢無比。

身邊的圍牆掛著一面大大的匾額，上頭寫著「懲惡揚善」。

「這裡……是哪裡？」這是個陌生無比的環境，我可以肯定我沒來過這地方。

回想暈倒前的情景……

虛擬院長出現在我的公寓中、「滅蝶」的自殺式攻擊、葉柔突然出現，然後我輸給了她——

不行，不管怎麼回憶，我都想不起來我是怎麼來到現在這個地方的。

依照身體和胃部的消化狀況判斷，自我暈倒後已經過去約二十四小時了。而且……

「是誰包紮了我的右手……？」

受傷的右手掌被繃帶層層包了起來，已經做了妥善的治療。

當確定周遭沒有任何危險後，我降為「兩感共鳴」，並用病能加速右手的自我修復。但這時我意外的發現，這隻手已經幾乎痊癒，繃帶中的藥料不知是什麼特殊材質做的，竟在一天的時間內就修復了我的右手。

閉上雙眼，我延伸自己的感知，開始探查房間外的環境。

我的所在之處，只占整棟建築物的一小部分。整棟建築物分為前、後、左、右四個部分，正面的屋子較大，東西兩側和後方的廂房則較為小些。

這四個部分圍成了一個「口」字形。

「竟然是……四合院？」

標準的古中國建築物，四合院。

這座四合院有著白色石塊堆成的牆壁、紅色的屋瓦一片片砌成的斜面屋頂，以及用鵝卵石鋪設而成的連結道路。至於四個廂房圍成的中央庭院則用精工製作的假山、花草和池塘進行裝飾和點綴，給人滿滿的古風情。

總覺得若是季雨冬來這邊，一定會和這個風景非常匹配。

不過……光是知道我在四合院中，還是無法把握狀況，必須將感知的範圍繼續擴大。

延伸知覺，這次我朝正上方——也就是天空的方向。

就像浮在空中，我俯瞰我所在的地方。

「島……？」當我終於知道我在哪兒時，我不禁發出了驚呼。

我竟然在島上！不過昏倒一天，我就被移到了一個全然陌生的島嶼。

這座島被藍色的海洋給包圍，孤獨的處於汪洋中，方圓百里內完全沒有任何船隻和其他島嶼。島上除了中央的高山外，其餘部分幾乎都是綠色的森林，而我所在的四合院，正是在中央的山上。

從我這個高度往下望，幾乎看不到任何人類生活的痕跡。

這裡究竟是哪裡？

在我昏倒後，我究竟被移到了何處？

「這裡是『家族之島』喔。」

「嗚啊啊啊啊啊——————！」我的身邊突然出現一個聲音，嚇得我差點從床上跌下來。

我轉頭一看，只見虛擬院長不知何時以坐著的姿態，從我身邊投影了出來。

「……妳可以不要老是這麼神出鬼沒嗎？」

這傢伙是程式這點真的很麻煩，因為我根本無法在事前感知到她的存在。

「歡迎你來到『家族之島』！這裡是我、葉藏、葉柔的故鄉，這座島四面環海，風景可說是非常優美。」

「……」看著雙手大張，擺出歡迎姿勢的虛擬院長，我不禁陷入沉默。

「『家族』是個很特異的民族，不知是體質還是其他因素，我們只會產下女性。『家族之人』習慣住在中式宅邸中，每個人都有著非常高強的刀術，並會奉刀術最強之人為『族長』，接受她的領導。」

「這彷彿ＲＰＧ遊戲設定的『家族』是怎麼回事……」

只有女性、刀術高強，有著自己的服飾和社會制度。

「『家族之島』占地足足有一百二十六平方公里！但生活在裡頭的家族之人與地表面積相比可謂非常稀少——太驚人了！竟只有少少的五百人！」

「怎麼突然變成旅遊節目的口吻了？」

「來！各位旅客，『家族之島』可是有著不少知名景點喔，比方說——請大家看看右邊！」虛擬院長活力十足地用扇子往右邊一指！我也跟著扭頭往右邊一看——

「是一棵樹。」

「那又怎麼樣！」根本就沒有什麼好看的吧！

「別看它表面上只是一棵樹，其實——」

「其實——？」

「那真的就只是一棵樹。」

「夠了——！」

妳這節目內容也太空泛了！根本就是在混時間充行數吧！

「畢竟我只能說實話，連虛偽的廣告詞都打不出來。」

「那妳就別勉強自己扮演這樣的角色啊！」

「你好歹也算是客人，我不想讓你對我的故鄉失望，所以我努力地用包裝和表面工夫，來遮掩內容物的無趣——就跟請大手畫師來畫輕小說是一樣的意思。」

「等一下！這實話好恐怖啊！」拜託不要再說了！

看著面前滿面笑容的虛擬院長，我深深嘆了一口氣，向她問道：「話又說回來……我是怎麼來到『家族之島』的？」

「你在敗給葉柔後，被她移到了這邊。」

「葉柔？為什麼？」

「放心吧，她對你沒有惡意。」

「可是……」

「若她真的有惡意，你在輸給她的當下，就會被她斬死了。」

「有道理……」

回想之前的畫面，葉柔把「滅蝶」的人都斬死，卻沒有對我動手。她只是朝我走來，並沒有向我主動進攻，反倒是我因為過於恐懼而失控，對她起了殺心。

「面對一個滿懷殺意的人，她就算不想，也只能將你打暈，這一切都是不可抗力。」

「那打暈我後，為什麼要將我帶到『家族之島』？」

「因為『滅蝶』想要殺了你和季雨冬，她擔心把你們留在那邊，你們會有生命危險，所以才將你們移到了這邊。」

「雨冬和葉藏，都安全嗎？」

「放心吧，雨冬正眼神發亮地看著宅邸中的裝潢，而葉藏則關在房間中，一步都沒踏出來。」

「所以……其實是我誤會了嗎？」

「是的，你誤會了，葉柔並不是你的敵人。」虛擬院長指著我右手上的繃帶，「包紮你右手的人，正是葉柔。」

「……」看著右手包得整整齊齊得繃帶，我陷入沉默。

「她還用了『家族』中珍貴的祕藥，來治療你的右手呢。」

虛擬院長只會說實話，若依照她剛剛的話判斷，事實應該是——

「『滅蝶』是你們的敵人，想要殺了你們，而葉柔和『家族』的人則想阻止這件事。」虛擬院長將我心中所想說了出來。

「原來如此……但是，葉柔和『家族』的人為何要救我們？」

「因為她想幫助她的姊姊。」

「姊姊……葉藏嗎？」

「葉藏為了報恩待在你身邊，那麼身為妹妹的葉柔，自然得站在你那邊。」

「這也太奇怪了吧……」

「嗯？」

「我從沒見過她，她為何知道我和葉藏之間的事？」

「她知道的。」虛擬院長倒轉扇子，用扇柄指了指自己，「因為我在一週前寫了封信給她，將之前在『病能者研究院』中發生了什麼事，一五一十和她說了。」

「……」看著眼前笑吟吟的虛擬院長，我皺了皺眉頭。

「不過我省略了所有關於我的部分，所以葉柔不知道我已經死了，也不知道我變成了程式。」

這傢伙，又在打什麼主意？

可能是看穿了我的心聲，虛擬院長掩嘴輕笑道：「我是個只會說實話的存在，你又何必對我這麼戒備？」

「妳之前可是想殺了我和雨冬。」

「但我在『滅蝶』襲擊時救了你們一命，這應該算抵消了吧？」

「就算沒有妳的提醒，在命危的那刻我也反應得過來。」

只是可能要瞬間開啟「四感共鳴」或「五感共鳴」就是了。

「那這樣好了，做為補償，我來告訴你重要的情報怎樣？」

「重要的情報？」

「我的女兒，葉藏她——」虛擬院長一臉正經的說：「敏感帶在脖子處。」

「這一點都不重要好嗎！」

害我在剛剛那一瞬間，以為虛擬院長真的要說出什麼超級重要的情報！

「這很重要，只要你用力掐住她的脖子——她就會拔刀砍過來喔。」

「這完全是正常反應！」就連我都會這麼做。

「那這情報怎樣？為了學習誘惑你的知識，她跑到便利商店，面無表情的跟他們說『我要A書，越露骨越好』——結果就被警察帶走了。」

「不要再跟我說她的黑歷史了！」

她的黑歷史我已經聽得夠多了！

「那聽她的勇猛事蹟怎麼樣？」

「勇猛事蹟？嗯……這或許會好點。」

「小時候，有一條蛇咬到了她，在經過四天的痛苦掙扎後——」

「葉藏挺過來了？」

「不，那隻蛇死掉了。」

「原來是那隻蛇在痛苦掙扎喔！」

「連蛇都無法接受她，葉藏因此受到打擊，躲在廁所中整整三天。」

「到頭來，妳還是在跟我說她的黑歷史啊！」

「如果談到葉藏不說黑歷史，那不就是說謊嗎？」

「妳真的是她母親嗎！」這是妳至今為止最過分的一句話。

虛擬院長微微嘆了口氣道：「該怎麼說呢？從小她某方面就缺根筋，加上她的運氣不好遇到不少事，所以才變成現在這副模樣。」

「嗯……？」感到奇異的我，默默地看著身旁的虛擬院長。

只見她手捧著臉龐，露出擔憂的眼神道：「就是因為擔心這孩子的未來，我才將她託付給你。」

「等一下。」我不禁打斷她的話。

「怎麼了嗎？」

「妳是在擔心她嗎？」

「我關心她是正常的吧？再怎麼說我也是她的母親啊。」

「這也太奇怪了……之前妳在『病能者研究院』時，不是才想犧牲她嗎？」

這兩個行為，是互相矛盾的。

「這兩者之間沒有衝突吧？」虛擬院長攤開扇子，「我是葉藏和葉柔的母親，但這份親情，順位是在『世界和平』之後的，若是她們阻礙了我的目標——」

虛擬院長眼中寒光一閃。

「那即使是犧牲自己的女兒，我也在所不惜。」

「……………」

「任何人都無法阻止我，就連『我自己』都不例外，所以，我將自己也給殺了。」

從虛擬院長身上散發出的堅強意念，重得彷彿可以把我壓垮。

雖然現在的她只是程式，但我依然被她所散發的氣勢給震懾。

為了達成她的願望，她似乎可以做出任何事、犧牲任何東西。

「你覺得現在的我是什麼呢？季武。」

「虛擬人格……？」

「不是。」虛擬院長從床上站起身來，居高臨下的看著我道：「我不是亡靈、不是程式、也不是院長死後留下的願望——」

她「啪」的一聲攤開扇子，「我是為了讓『世界和平』實現的『執念』。」

虛擬院長不會說謊。所以她說出口的話語，分量比誰都重。

「我不是任何人的敵人。當然，只要有助於我的目的，那我也會是任何人的朋友。」

在我面前，虛擬院長緩緩坐了下來。她的正座比葉藏和季雨冬都還標準，除了優雅外，還多了一絲高貴嚴肅的氛圍，讓人不敢輕易地冒犯她。

「妳……為什麼會變成這個樣子？」

「我是被『某個人』逼迫、扭曲，才變成現在這副模樣的。」

「那個人是誰？」

「季晴夏。」

「——咦？」突然聽到再熟悉不過的名字，我發出了驚呼。

「五年前，季晴夏出現在家族之島上，造就了一樁『悲劇』。」虛擬院長攤開扇子，遮住臉龐的下半部，「這齣『悲劇』改變了『家族』，也造就了現在的我。」

「怎麼會……」

虛擬院長的意思，不就是說——

「是的。」

她點了點頭，說出了實話。

「一切，都是季晴夏害的。」

不管是什麼事，總覺得最後都會與季晴夏扯上關係。

就像是這個世界正繞著季晴夏轉動。

「季武，你聽過『最強電腦』嗎？」

「……聽過。」那段深藏在心中的回憶，再度因為虛擬院長的話引了出來。

「這部『最強電腦』，現在就在『家族之島』中。」

「就在這邊？」

「是的，但是無人知曉確切的位置，只知道『最強電腦』就在『家族之島』。」

「嗯……」

「下一個問題，你知道『最強電腦』是由什麼所構成的嗎？」

「…………」雖然知道答案，但是不知為何，在將要說出口的那刻，話語就像是具有質量似的卡在喉嚨。

「看你的表情，你應該知道吧。」虛擬院長一如既往的，看破了我心中的真實。

既然都被她看穿了，那我就不能逃避。深吸一口氣後，我將答案緩緩說出口：「『最強電腦』，是用『人類的大腦』建構而成……對吧？」

「正確答案，季晴夏想要用『人類大腦』建構網路，讓這個『大腦網路』，發揮出現在所有電腦完全無法望其項背的演算功能。」

「就算是如此，那又怎麼樣。」我下意識的為季晴夏辯解：「用『人類大腦』建構電腦和網路，雖然是個看似很殘忍的主意，但若是使用屍體的大腦——」

「不，『最強電腦』的構成，必須使用活著的人類大腦。」

「那只要找一個自願者，或是死刑犯……」

「一個？你在開玩笑嗎？」虛擬院長闔起扇子擺在嘴邊，露出嘲弄的笑容道：「所謂的『網路』，是用『一個』建立起來的嗎？」

聽到虛擬院長這麼說，我的心中起了不祥的預感。

「──若是哪天站在你面前的是十惡不赦的我，你也有辦法相信我嗎？」

季晴夏的話在我心中響起，我的呼吸不禁急促了起來。

敏感的我，隱約察覺了自己正踏入什麼不該踏進的領域中。

「『網路』，指的是有關聯的個體所組成的系統。若要用『人類大腦』架構網路，所需的數量比你想像得多。」虛擬院長望著遠方，像是在回憶過往地說：「五年前，季晴夏來到我們『家族之島』，向『家族』提出一個匪夷所思的委託──她需要『八百個人類的大腦』。」

「──別胡說八道了！」我用力拍了一下床鋪，竹床轟然崩塌！

站起身來，我怒目瞪著虛擬院長吼道：「晴姊不可能提出這種委託！」

「季武。」

面對我的憤怒，虛擬院長只是以淡然的態度回了一句：

「我只能說實話。」

「…………」

就像被虛擬院長的話打了一拳，我嘴巴張張闔闔，卻一個字都吐不出來。

對了，這之中一定是有什麼誤會──

「季武。」

虛擬院長冷冷地說：「一直以來都被憧憬遮蔽雙眼的你，真的瞭解季晴夏嗎？」

「…………」

第二度的，我被虛擬院長狠狠傷害。

「人類要怎樣才算是瞭解一個人？」虛擬院長的語調雖然很輕，但每一字、每一句，都重得讓我完全無法承受。「就算是家人，也不會真正瞭解、體會你的感受，若要說得極端點，人類是全然孤獨的。」

「不是，才不是這樣！」

一直以來，我都被晴姊引導，被雨冬所支持。

要是沒有她們，我根本就無法走到今天。

人類怎麼會是孤獨的？

「『恐懼炸彈』的產生，不就是對我剛剛言論最好的佐證嗎？」

「那是……」

「人類就是不瞭解彼此，才會在傷害彼此過深的狀況下，誕生出了『恐懼炸彈』。」

「……」虛擬院長的話，讓我憶起了兩年前的「晴夏案」。

所有人因為恐懼彼此，於是開始自殺和互相殘殺。

「為什麼我說你根本就不瞭解季晴夏？我這邊再順道告訴你一個情報吧。」虛擬院長瞇細雙眼，「之前襲擊你們的『滅蝶』，你知道是什麼來歷嗎？」

我低頭回想之前遇到「滅蝶」時的情景。

干擾感覺的炸彈、密集無間斷的攻擊，還有最後的捨身自殺攻擊。

他們無疑是針對「病能者」行動的組織——不，或許該說是……

「對付『病能者』的專家……」

「是的，這個組織的核心由一群憎恨病能者的普通人組成，人數非常多，首領名為『滅蝶者』。『滅蝶』並不屬於任何一個國家，行動宗旨為『消滅這世上所有病能者』。」

「消滅……所有『病能者』？」

「沒錯，現在他們的勢力遍布世界上所有國家，不少國家都被他們所左右，甚至是直接被『滅蝶』統治。」

「他們的影響力，竟然可以達到國家等級？」

「『滅蝶』可是很有聲望和人望的。雖然他們對『病能者』非常殘酷，但他們對普通人非常良善，只要你是普通人，他們會無條件的進行救助和保護，也會制裁那些失控的病能者。」

院長露出有些諷刺的笑容道：「在許多普通人的眼中，『病能者』是異類和怪物，所以這也給了『滅蝶』可乘之機，讓他們藉機逐步擴大自己的勢力。至今世界上可是有不少人把『滅蝶』視為英雄呢。」

「在我被關在海底的兩年間，世界形勢竟有了這麼大的改變……」

「本來『滅蝶』多是暗中活動，但在最近一個月，他們浮上了檯面，參與了國家政策的決斷，有的人甚至直接坐上了領導位置。現在的『滅蝶』，已經是個足以影響世界的大組織了。」

「這太不可思議了……」

「為什麼？」

「就算普通人再怎麼畏懼『病能者』的力量，『滅蝶』的力量也發展得太快了……」

「這也是季晴夏害的。」

「咦？」

「從季晴夏組成『莊周』那刻，季晴夏開始殺害普通人。」

「妳說……什麼？」

雖然虛擬院長的話每個字都聽得很清楚，我的腦袋卻拒絕理解。

「季晴夏率領『莊周』的『病能者』屠了不少城，現在死在她手下的普通人，估計有上萬人。」

「──別亂說！」我緊緊握著拳頭，右手的傷口因為我的動作裂開出血，但我仍渾然不覺，「晴姊怎麼可能做出這種事！妳一定是──對了，妳一定又在『用實話說謊』，想要玩弄什麼詭計！」

「這都是實話，沒有參雜任何謊言的成分。」虛擬院長淡然地說：「就是想知道季晴夏在做什麼，所以我才加入『莊周』。我剛剛說的一切，都是我在她身邊看來的──千真萬確的事實。」

「妳騙人！」我不斷後退，眼前的世界開始搖晃。

虛擬院長以冰冷的眼光看著我說道：「我無法騙人。」

「不，妳一定是在騙我！」

「不管是哪個國家，都無法阻止季晴夏的屠殺。季晴夏想去哪兒就去哪兒，所以人們開始轉而支持『滅蝶』，讓『滅蝶』的勢力越來越壯大。」

「──別再說了！」

「就算我不說，這些事實依然存在。」

「這些都是假的！要是不親眼證實，我是絕對不會相信的！」

「『莊周』由病能者構成，具體數量應該有幾百人。但很神奇的是，世界上的所有人，沒有一個查到『莊周』的蹤跡——就跟兩年前大家找不到季晴夏的情況一模一樣。他們究竟躲在哪裡，成了一個最大的謎團。」

「不要跟我說這些東西！」

「真是難看的逃避啊，季武。」

「我、我——」

我遮住耳朵，但因為「超感受力」，這個動作完全沒有意義。

不管做什麼，我都無法遮蓋虛擬院長的實話。

我的身體不斷顫抖。

第一次，我痛恨起自己的「病能」。

「你根本不瞭解季晴夏，季武。」不知為何，虛擬院長的聲音聽起來好遠，「從五年前開始，你就沒有理解過她。」

眼前的景色雖然不再搖晃，卻漸漸變得透明。

緊握的右手在不自覺間鬆開了，鮮血不斷的從手中淌下，發出滴答滴答的聲響。

我為什麼在這邊？就算知道虛擬院長說的都是實話，那又怎麼樣？

我相信晴姊——對，無條件相信她。

虛擬院長說的一定是另一個人。

沒錯，是另一個與季晴夏無關的人。

當我這麼一想後，身體很快地就停止了顫抖。

「季晴夏五年前用八百個活著的『人類大腦』製造了『最強電腦』，我懷疑她現在殺了上萬個普通人類，就是為了用更多的大腦來製造更強大的『最強電腦』。」

不要再聽了。

那不是她。

將意識化作空白，假裝什麼都沒聽到——

答答答——！

遠處似乎傳來了什麼東西奔跑的聲音，但現在的我根本無暇注意。

「你還不懂嗎？」虛擬院長「啪」的一聲展開扇子，「這個世界，根本就不需要季晴夏。」

答答答答答答答——————！

腳步聲越來越近。

「季晴夏，才是毀滅這個世界的魔王啊——」

「啊答————！」

——突然填滿我視野的，是一雙白色短靴的底面。

隨著剛剛的吶喊，一道人影突然從虛擬院長身體中穿了出來！重重的將我踢倒在地！

這股巨大的衝擊力讓我以極快的速度在地上翻滾，最後「砰」的一聲撞到牆上！

「奴婢在武大人危急時——」

突然現身的季雨冬用左腳踩住地上的我，右手擺成了V字型放在眼睛旁。

「閃亮登場。」

「武大人。」

季雨冬以略帶責備的語氣說道：「被一個程式動搖成這樣，太不像話了吧。」

「我不是程式，是虛擬人格——」

「奴婢在跟主子說話。」季雨冬打斷虛擬院長的話，露出讓人看了就膽顫心驚的微笑，「外人可以不要插嘴嗎？」

「喔喔……好膽識，真不愧是季晴夏的妹妹。」

不知為何，虛擬院長被這樣對待竟然不生氣，反而有點開心。

「武大人。」季雨冬將頭轉回來，她的臉上，掛著讓我看了不禁發抖的笑容。

「是、是。」

「不管相信也好，不相信也罷，移開雙眼不去看自己在意的人，是最差勁的逃避。」

「妳說得對……」

「武大人不是找到自己的信念了嗎？怎麼還變成這樣？」

「我只是……一時失手——」

「別找藉口。」

「抱歉，是我還不夠堅強……」

「回答我，武大人。」季雨冬踩著我的腳扭了一下，加重語氣道：「武大人該相信『虛擬院長口中的晴姊』，還是『自己心中一直以來認識的晴姊』？」

「…………」

「回答我。」

「……我所認識的晴姊。」

「很好。」季雨冬點了點頭，將腳從我身上移開。

但是，事情並未就此結束。

「我剛剛說的可都是實話喔。」虛擬院長突然發話，她面對季雨冬，以彷彿看透一切的微笑說道：「妳自己應該也很清楚這些事吧？」

「……怎麼說？」

「季晴夏屠殺普通人的事，全世界都在談，但為何季武不知道？那是因為和他住在一起的妳，偷偷把電視和網路中有關季晴夏的資訊都過濾掉了，不讓季武發現。」

「……」聽到虛擬院長這麼說，季雨冬低下頭，陷入了沉默。

「我說的都是事實吧？」

「……那又如何？」

「嗯？」

「我說，那又如何？」季雨冬抬起頭來，臉上是毫無動搖的表情。

「奴婢判斷這個消息根本就不算什麼，所以才沒跟武大人說。」

「原來殺了上萬人，在妳眼中並不算是什麼大事嗎？」

「是啊。」季雨冬側過臉，對我露出微笑，「奴婢相信姊姊大人一定是因為什麼理由，所以才這麼做的。」

——在這個瞬間。

我可以感受到，某種柔軟的事物從季雨冬的笑容為基點向外擴散，這股柔和驅散了我的不安，也讓我回想起自己的信念。

不要過度憧憬誰，也不要想著要保護誰。

我沒有那麼強大，季雨冬在此時提醒了我，我之所以能不迷失方向，是因為她一直在身後支持我——我不是孤身一人。

「武大人，請聽好奴婢現在所說的話。虛擬院長說的的確是實情，但奴婢相信，姊姊大人之所以這麼做，一定有她的用意。」季雨冬跪了下來，低垂著臉，「這是奴婢心中的實話。」

——你要相信奴婢的實話，還是虛擬院長的實話？

季雨冬的表現，就像是在跟我這麼說。

我不由得露出笑容，心中的陰霾就像從不存在似的消散。

站在季雨冬身旁，我以堅定的眼光看向虛擬院長。

「我相信雨冬，相信她跟我說的實話。」

「呵呵……」本來只是輕輕的笑容，但到最後，虛擬院長就像是看了什麼笑話似的狂笑：「呵呵呵呵呵——」

「……有什麼好笑的？」

「季武，若是隱瞞事實不對你說，你覺得這是對你說謊嗎？」

「……」

「若是你覺得這是說謊，那無疑的，季晴夏和季雨冬，就是對你說最多謊言的存在。」虛擬院長的身影漸漸地變淡，「等到你們知道『最強電腦』真面目的那天，你們還能以這樣堅定的眼神注視著我嗎？」

攤開扇子，一個優雅的旋身，就像是跳舞般，虛擬院長的身影從我們面前消逝。

等到確定她已離去後，放鬆下來的我渾身脫力。

彷彿經歷了一場激烈的大戰，我疲憊的坐倒在地。

「明明每次虛擬院長出現時，都只是跟她說話而已……」

但那個壓力真的不是普通的大。

等到心跳平復下來後，我才發現我的背都被冷汗浸溼，右手也因為傷口大幅裂開而滿是鮮血。

嚴格說起來，虛擬院長沒有什麼強大的「病能」，也沒有像葉藏那般強大的身體能力。但她的執念和才智，讓我每次面對她時，就像是面對一頭未知的怪物。

這次，她到底又想做什麼了？

我在腦中回憶她剛剛所說的話：

1. 五年前，季晴夏出現在「家族之島」，要求「八百個活人大腦」製作「最強電腦」。

2.「最強電腦」就在「家族之島」中。

3.「滅蝶」的首領是「滅蝶者」，他們因為想要「消滅病能者」，逐漸成了足以影響世界的大組織。

4.季晴夏在成立「莊周」後，開始屠殺一般人，沒有任何人找得到他們。

「大概重點就是這些吧……」

但是，還是有很多關鍵的事情未解。

五年前的後續是如何？

「最強電腦」在何處？

季晴夏究竟想要做什麼？「莊周」又躲在哪裡？

「雨冬，妳怎麼看？」

「……」面對我的疑問，跪在地上的季雨冬一言不發。

「雨冬？」

「奴婢該死！」季雨冬突然重重磕了幾個響頭。

「……怎麼了？」

「剛剛奴婢在外人面前，做出了不符合婢女的言行舉止。」

「妳是說剛剛的飛踢嗎？」

「奴婢身為下人，本不該對武大人如此飛踢——」

「應該說就算不是下人，也不可以對人這麼飛踢。」

若不是我，大概會受重傷。

但這次確實是我不對，妳飛踢我是對的。

「奴婢為了守護武大人和姊姊大人，不得已只好出此下策。」

「沒關係，老實說都是多虧了妳。」

我才沒有因為過於震驚，又退化為以往那個盲目追求季晴夏的我。

「不行，武大人必須責罰奴婢。」季雨冬低頭深深地伏在地上說道：「奴婢做出一個婢女不該做的事，若武大人不責罰奴婢，那就是破壞了規矩。」

「說什麼規矩……」

「不管！若是武大人不懲罰奴婢，奴婢就跪在這邊不起來。」

「…………」

「奴婢……絕對不能打破規矩。」季雨冬異常的堅持。

看來我不懲罰她，她是絕對不會起身了。

平常私底下相處時，雖然她偶爾對我會有出格的舉動，但是在外人面前，她都謹守著下人的分際。

對季雨冬來說，成為婢女是她逃避自己的方式。

她緊抓著名為「婢女」的殼，並藉此來遮掩季雨冬的一切。若是不遵從身為婢女的規矩，那她就是違反了自己的限制，赤裸裸的將自己呈現出來。

雖然我都懂她的心情，但是……

「武大人。」

跪在地上的季雨冬拉起我的左手，貼到了她的臉頰上。

她的動作，就像是要我打她似的。

「……一定要這樣嗎？」

「若是武大人沒有責罰奴婢……那才是對奴婢真正的折磨。」

「…………」

「拜託了，就算是奴婢求你。」

「…………」

「不要……不要當了奴婢的主子後……」就在我猶豫不決時，季雨冬抬起頭來，以哀求的眼神向我壓下了最後一根稻草，「又不顧奴婢的期望……將奴婢給拋下。」

「——————！」

聽到她這麼說，我閉上眼，咬牙將手揮了下去！

——啪的一聲！

清脆的聲響從季雨冬的臉頰響起。

被這股大力揮擊，季雨冬身子往旁一偏。

過了一會兒後，季雨冬手撫著通紅的臉頰，向我深深一拜道：「謝謝武大人。」

「根本……就沒什麼好道謝的啊。」

妳明明就被我傷害了。

「不，謝謝武大人為奴婢著想。」

我根本就沒有為妳著想。

以帶著傷痕的臉，季雨冬對我露出了幸福的微笑：「奴婢的主子是武大人，真是太好了。」

——痛。

——好痛！

我的心一陣激烈的絞痛！

此時的季雨冬和兩年前被丟下的她重疊在一起。

這股疼痛讓我下意識的行動，衝上前去抱住了季雨冬。

「武大人……？」

「對不——」

「別向奴婢道歉。」季雨冬用她柔軟的手指，阻止了我的道歉，「而且，武大人身為主子，也不該這樣抱著奴婢。」

「一下就好……」

「不行的。」季雨冬以輕微到幾近感受不到的力道推著我的胸口，懇求道：「沒有主子會這樣心疼下人的。」

明明想道歉，卻只能斥責妳。

明明想疼惜，卻必須傷害妳。

明明想與妳並肩，卻只能將妳丟在身後。

到底這種矛盾要持續到什麼時候？

心中百感交集的我，抱著季雨冬的手越來越用力。

「痛……」

就算抱得再緊，還是一點實感都沒有。

「武大人，好痛……」

即使季雨冬喊痛，我仍沒有放開擁著她的手。

到底妳這種糟蹋自己的行為要到什麼時候？

「直到武大人和姊姊大人得到幸福為止。」

季雨冬在我耳邊輕輕說道：「為了你們……奴婢願意做任何事。」

心中累積的情感在這瞬間爆炸！

我站起身來，嘴巴張開準備大喊。就連我自己都不知道這時的我想說什麼，或許我想罵她，也或許是想出言哀求她，更有可能我什麼都不想說，只是想藉著大叫宣洩心中幾乎要爆炸的情緒。

此時的真相如何我永遠不會知道。

因為就在這一刻，突然一陣天搖地動——

「家族之島」爆炸了。

莊周

領導人

季晴夏

組織人數

數百人，詳細數量未知

由季晴夏創立，只有病能者可以加入的組織。

這個組織比家族更加神祕，不僅數量不明，就連所在地都不明。

全世界的國家、組織、個人都拚命找著莊周，但他們就像是從不存在於這世上似的，完全找不到他們的蹤跡。

莊周每次都毫無徵兆的出現在世上的某處，季晴夏站在最前方，率領著這群病能者對普通人進行屠殺。

不像是滅蝶有個很明確的行動目的，沒有人知道莊周為何要屠殺一般人。於是，這股不能理解的恐懼逐漸在世上蔓延，讓所有人對莊周和季晴夏感到畏懼，也連帶的讓滅蝶的勢力越來越大。

家族

領導人

族長

組織人數

五百人

院長、葉藏、葉柔都是出身於此，家族的歷史不可考，但至少已有數百年。

家族所有人的刀術都非常高強，會定期聚在一起訓練、接受長輩的指導。她們也有自己的教育、服飾、飲食、法律和制度。

家族之人住在中式建築中，會打獵、捕魚也會農耕，靠著與大自然共處而生活。

也不知道是飲食還是訓練的關係，家族之人只會產下女性，而且多數都非常美麗（不過因為身處在都是女生的環境中，她們對自己的美貌沒有過多意識）。

對外人而言，家族充滿神祕色彩，因為若沒經過族長的允許，家族之人嚴禁出島。而且除了族長，在外人面前，家族之人通常都是蒙著面見人。

家族之人出島的目的只有兩個，一個是「尋覓伴侶」，另一個則是「執行任務」。

尋覓伴侶就是要找生育的對象，但是在懷孕後就要做出選擇，若是打算在外頭和戀人共度一生，就得放棄家族的身分；若是選擇歸島，之後一輩子就再也不能和戀人見面。

至於執行任務，則是家族一直以來賴以為生的另一種方式。她們靠著接私人和國家的委託維生，只要此任務可以消滅罪惡，有助於世界和平，家族就會接受。

她們每年會選一次族長，並發誓絕對遵從族長。族長通常是族內武術最為高強的人，退位的族長會成為族中的長老，若是族長過於失德，長老就會群起而攻，消滅罪惡。

Chapter 3 製造病能者的器具

「敵襲！敵襲！」

從我所在的四合院中，傳出了足以擴及全座島的廣播。同一時間，島上的警報聲也響了起來。

這個異變，讓我瞬間開啟「病能」，閉上眼睛擴展認知，探查整座島。

爆炸來自於島嶼東側，這個爆炸產生了大量的黑煙。藉著黑煙的掩護，五十名穿著潛水服的「滅蝶」從海中突然竄了出來，登上「家族之島」東側的沙灘。

我將「病能」的感知鎖定在東側沙灘，只見上岸的「滅蝶」成員整齊有序的排成了一個方陣，並從防水的包包中拿出一個大型的音響設備和電子螢幕。

「『家族』的諸位啊，我是『滅蝶』的首領——『滅蝶者』。」

一個渾厚的中年男子聲音從音響傳了出來，輕而易舉的遍及整座島嶼。

與此同時，電子螢幕中顯示出了一個模糊無比的輪廓。這個輪廓充滿雜訊，讓人完全看不清他的樣貌和身材。看來，「滅蝶者」並不想要以真面目示人。

「滅蝶者」以低沉有力的聲音說道：「在此奉勸各位，將季晴夏的弟弟和妹妹交出來！這樣我們『滅蝶』就饒了妳們一命！」

真是陰魂不散……竟追著我和季雨冬來到了這座島。

究竟我們做了什麼，讓「滅蝶」這麼執著要將我們抹殺掉？

面對「滅蝶者」的要求，「家族」完全沒有回應。

一時之間，整座島靜悄悄的。

此時，我注意到一件奇怪的事。

登上岸的「滅蝶」成員共有五十人，但不知為何全是女人。

雖然「家族」的組成也都是女性，但根本不用特地配合她們，派出女人來進攻啊？這個編成也太不合理了。

可能是等得不耐煩了，「滅蝶者」再度開口：「我們這邊可是派出了首領，那麼妳們也該派出一族之長進行接待吧？」

「……」

「唉……真是太令人失望了。」

「…………………」

「沒想到『族長』，竟是個連見客都不敢的懦夫——」

「才不是這樣呢。」一陣清冷的嗓音突然從森林裡傳出，打斷了「滅蝶者」的話，「家族的『族長』，才不是什麼懦夫。」

隨著這句發言，一道握著刀子的身影緩緩從林中走了出來。

凜然的氣息、修長的身軀，以及面無表情的冰冷臉龐——正是葉藏。

「那個傻瓜！」

雖然終於見到了葉藏，但我完全沒有感到欣慰。親身體會過「滅蝶」實力的我，深知這些人有多麼瘋狂。一個人去面對五十個「滅蝶」，絕非明智之舉。

「雨冬，妳先待在這邊，我馬上回來。」我將雨冬放下，準備去幫忙葉藏。

「武大人慢走。」季雨冬跪在地上，低垂脖子如此說道。

臨走前，我再度回頭看了她一眼。

即使剛剛我緊抱著她，說了那些話，她仍然沒有絲毫動搖。

她完美的扮演著婢女的角色，向我施了一禮道：「祝武大人一切順利。」

聽到她這麼說，我在心中深深嘆了一口氣。

季晴夏給予季雨冬的傷痕比想像中深，要解決這件事，某方面就是在跟季晴夏對抗。

我知道這種事不能急，但是……我和雨冬不一樣，我是個有願望的人。

既然有期望，那麼就會誕生失望。

無法改變季雨冬的失望，讓我被著急和心痛折磨。

「……我走了。」就像是要逃避自己的無力，我背轉身去，朝葉藏趕去。

事後，我無數次地後悔此時我做的決定。

若是我沒有在此時丟下季雨冬，或許……她就不會在之後，變成那副悽慘的模樣了。

開啟「二感共鳴」的我在茂密的森林跳躍，以肉眼幾乎看不清的速度趕往東側沙

灘。

還未抵達目的地，我就聽到了激烈的槍響和爆炸聲。

只見五十個人圍著正座在地上的葉藏，不斷的進行攻擊。

步槍、機關槍、霰彈槍、手榴彈、煙霧彈──

只要你想得到的現代武器都往葉藏那邊砸了，但維持「靜之勢」的葉藏依然用她的刀擋下了所有事物。

「繼續維持攻擊，看她能撐多久。」

隨著「滅蝶者」的下令，密集的攻擊再度遮蔽了葉藏。

這真是最糟糕的狀況。

這種持久戰對葉藏非常不利，因為只要她的體力稍微減損，她就會被打成蜂窩。

「嗚……」葉藏的面孔微微扭曲。

除了強烈的攻擊讓她吃力外，她的心理狀態似乎也跟以往有著微妙的不同。

「靜之勢」之所以這麼厲害，是因為葉藏幾乎停止了所有的生理、心理活動，然後在敵人進到她的攻擊範圍時瞬間出手，將所有力量灌注在這一瞬間。

這種招式就像是在走鋼索，因為即使攻擊近在眼前，你也必須維持極為放鬆的狀態累積能量，然後在該出手時一刀兩斷。

也就是說，心如止水是「靜之勢」的必要條件。

「我一定要……把這些人都殺光。」

可是……此時的葉藏心不知為何紊亂了。

一股焦慮之情從她身上透露出來，讓她的「靜之勢」逐漸不穩。

「我要在葉柔來之前……把這些人都解決掉。」葉藏喃喃道。

我不知道她為何這麼著急，也不知道她為何想在葉柔來之前把「滅蝶」的人都殺了。但光是這麼一點雜亂的思考，都足以影響「靜之勢」。

本來凝固且沉重的氛圍產生了一個小洞，一顆子彈從這個小洞鑽了進去，來到葉藏的眉間——

「糟糕！」

開啟「三感共鳴」，還在遠方的我抓起地上的一顆石塊，用手指彈了過去。

——砰！

石塊和子彈同時碎裂！

我繼續丟擲石塊，這次我瞄準了葉藏的身邊。沙灘的沙被我的石塊砸出了無數坑洞，噴濺而起的黃沙就像海浪一樣，短暫地遮蔽了在場之人的視線。

趁著這段小小的空檔，我站到了葉藏的身邊。

「主人……」坐在地上的葉藏咬著下嘴唇，露出有些不甘的表情。

她一定覺得很懊悔吧，竟要我來救助。

「葉藏，別著急。」

「可是……我不想讓葉柔見到這些人。」

「為何？」

「……」葉藏沒有回答我。

在過去，葉藏放跑的敵人找上了葉柔，讓葉柔就此雙眼失明。

但是——

「妳可能很久沒見到葉柔了，她現在可是強到連我都無法應付，就算是五十個『滅蝶』成員，我想也不是她的對手。」

「不是那個意思……我只是單純，不想讓葉柔和這些人戰鬥。」

「為什麼？」

「……」葉藏依然閉口不言。

「沒關係，妳不用跟我說原因。」我輕輕拍了拍她的頭，走到她的身前道：「只要在葉柔抵達前，將這些人都解決掉就好了，對吧？」

聽到我這麼說，葉藏抬起頭，仰望的眼神中有著驚訝。

「主人……」

「就交給我吧。」將目光轉向前方，我以坦然的態度面對「滅蝶者」和五十個「滅蝶」成員，「我就是你們想找的季晴夏弟弟——季武。有什麼事儘管衝著我來，不要把『家族』之人牽扯進來。」

聽到我這麼說後，所有人都停止了攻擊，將目光轉向在他們之中的螢幕。

原來如此……在等待「滅蝶者」的指示嗎？看來這組織對首領的尊敬之意可不小，能約束這麼多人的領導者，到底是何許人也？

在所有人的注視下，「滅蝶者」緩緩開口：「季武啊……不愧是季晴夏的弟弟，看起來有兩把刷子。」

「別廢話了，找我有什麼事？你們為何要殺了我和雨冬？」

「因為你們會毀滅世界。」

「開什麼玩笑，我和雨冬從沒打算這麼做。」

「你們只要活著，就會對世界造成危險，這跟你們的想法一點關係都沒有。」

「什麼意思？」

「『最強電腦』現在就藏在『家族之島』，你知道嗎？」

「知道。」

「那你知道『最強電腦』是用來做什麼的嗎？」

「做什麼用的？」

「『最強電腦』——」

「滅蝶者」一字一句的，將答案說出口：「是用來『製造病能者』的。」

「……什麼？」

「沒聽清楚嗎？我說，『最強電腦』是用來製造病能者的必要器具。」

「咦……？」過於突然的衝擊事實出現，讓我的腦袋就像被重重敲了一下。

但沒等我從震驚狀態中恢復，「滅蝶者」又繼續說道：「『病能者』的計算和感知異於常人。就拿你來說吧，季武，正常人類怎麼可能負擔得起五感共鳴產生的世界？但你竟能自由操控這力量進行感知和演算？這已經是連超級電腦都做不到的事了。」

「超級電腦……做不到的事？」

「滅蝶者」的話，讓我隱隱約約想到了什麼。

「若是連超級電腦都做不到，那應該怎麼辦呢？」

「該不會……」

「沒錯，就是製造出更加強大的電腦——『最強電腦』。」

「……」

季晴夏五年前製造「最強電腦」，原來是為了製造「病能者」啊……

「季晴夏製造出了『最強電腦』，並用『最強電腦』對無數罹患認知疾病的人進行計算，最後依照那些數據製造出了病能者。」

「滅蝶者」的輪廓在臉的部分裂開了一條縫，就像是在微笑：「這也是為何除了季晴夏外，世界各國都無法製造出『病能者』的原因，因為他們沒有『最強電腦』——沒有用活人大腦組建而成的『最強電腦』。」

「你竟然……連『最強電腦』的組成都知道。」

「我知道的還不止如此。『最強電腦』目前是以沉睡的狀態藏在『家族之島』中，若要解開封印，啟動『最強電腦』，必須湊齊兩把鑰匙。」

兩把鑰匙……

過去二十四小時經歷的事在腦中浮現。

——「最強電腦」可以製造病能者。

——「最強電腦」處於封印狀態。

——「滅蝶」拚了命的想殺了我和季雨冬。

「該不會——」

「是的。」看著我的雙眼，「滅蝶者」緩緩說道：「這兩把鑰匙就是『季武』和『季雨冬』。只要找到這兩塊碎片，即使不是季晴夏本人，也可以啟動『最強電腦』。」

「……」

用來製造「病能者」的「最強電腦」，必須靠我和雨冬才能啟動？

「只要有『最強電腦』，那麼誰都能製造病能者。若是每個國家都能隨意製造『病能者』，那麼第三次世界大戰的發生，就是勢在必行的事。」

「滅蝶者」以渾厚有力的聲音，下了最後結論：「所以在世界變成那樣之前，我必須將你和季雨冬處理掉。」

「等一下。」我打斷了「滅蝶者」的話。

「如果你說的都是事實，那也就罷了，但根本沒有證據足以證明這些資訊都是真的吧？」

「不，我剛剛說的資訊，百分之百正確。」

「嗯……？」

百分之百……正確？

這種言詞，讓我想到了一個人。

「滅蝶者」歡快的笑了幾聲後，向我問道：「你知道這些事情都是誰告訴我的嗎？」

「誰？」

「病能者研究院的院長——不會說謊的存在。」

「咦……」

——沙沙。

突然地，一陣雜訊在我耳邊出現。

「我說過了。」

一個優雅的聲音突然在我耳際響起。

我緩緩轉頭，只見一名穿著層層和服的嬌小女生，以悠然的態度站到了我身邊。

「只要有助於『世界和平』，我會成為任何人的朋友。」

「虛擬院長……又是妳……」

藉由我的手機，虛擬院長投影到了我身旁。

對我嫣然一笑，虛擬院長在我耳邊以只有我能聽到的聲音說道：「加入『莊周』，是為了知道季晴夏的祕密。只要我將這些祕密洩漏給『滅蝶者』知道，『滅蝶』就會被我操弄而拚命追殺你們。只要你和季雨冬一死，那麼，這世界的『病能者』就不會再增加，世界將得到和平。」

因為我和季雨冬會威脅到世界的和平。

所以虛擬院長幫我和季雨冬製造了一個幾近永遠的敵人。

「滅蝶」是個遍布全世界的大組織，從此以後，我們將被「滅蝶」追殺，永無寧日。深知這個事實多麼嚴重的我，腦袋漸漸變得一片空白。

我有些發愣的問道：「妳不是『莊周』的人嗎？為何敵對組織的『滅蝶』，會這麼輕易地相信妳的話，被妳給操弄？」

「你忘了我的設定了嗎？」虛擬院長用闔起的扇子輕掩嘴脣笑道：「就算身處不同

陣營，我所說的話也絕對不會有任何一絲虛假。」

「妳竟然……把『滅蝶』玩弄於股掌之間，把他們當作棋子？」

「不——」虛擬院長攤開扇子，微笑道：「不管是『莊周』、『滅蝶』還是『家族』，你們所有人都是我的棋子。」

就算知道會被利用，還是會忍不住傾聽她說話。

就算知道她在敵對組織，還是會不由自主地相信她。

就算知道她在背後操控一切，還是會乖乖照著她的期望行進。

這一切，都是因為——

「我只能說實話。」

緩緩轉過身去，虛擬院長側過臉來，對我露出讓人看了心動不已的笑容：「這是我唯一的力量，也是絕對的力量。」

就像來時一般的突然，虛擬院長的身影消逝。

宛如被她的力量震懾，我呆呆地站在現場，就像失了魂。

「這樣你知道了吧？季武。」

「滅蝶者」低沉的聲音，將我的意識稍稍喚了回來。

——喀嚓！

所有「滅蝶」的成員將槍上膛，並將槍口對準了我。

「為了世界的和平和穩定，你必須死在這邊。」

我？死在這邊？

「病能者不該存在於這個世界上，你和季雨冬，會讓有心人士利用你們啟動『最強電腦』。一旦能利用『最強電腦』製造病能者，那整個世界就會滅亡。」

「滅蝶者」將手揮下，對所有「滅蝶」成員下了「開槍」的命令。

就在下一瞬間，無數的子彈來到了我的面前。

而發著呆的我，完全沒有反應——

一陣沉靜且厚重的氛圍從後方籠罩了我。

發動「靜之勢」的葉藏替我將所有子彈全都切斷。

「……謝了，葉藏。」

終於回過神來的我看著眼前的「滅蝶」成員。現在可不是為虛擬院長感到動搖的時刻，我必須先應付眼前的狀況。只要把「滅蝶」成員都消滅，那我和季雨冬就能暫時度過眼前的危機，雖然離島之後還是有可能被追殺，但那可以等遇到再說。

「葉藏，準備上了喔。」

「是的，主人。」

就在我們兩人蓄勢待發要往前衝時，一個詭異至極的狀況突然發生，停止了所有人的動作。

——一片絲竹之聲從森林中悠然響起。

古琴、古箏、柳琴、月琴、琵琶、笛子、洞簫……

這些古中國樂器的聲音互相交織，成了一首動人至極的音樂。

原本肅殺無比的氣氛被音樂化解，所有在場的人都鬆開了握著武器的手。

而後，無數穿著和葉藏相似卻蒙著面的家族之人排成兩路縱隊，從森林中走出。

「族長……」葉藏露出不甘心的眼神，咬牙道：「族長，已經到了……」

「族長？你們『家族』的最高領導人嗎？」

「是的，一切……都來不及了。」

到底是什麼來不及？我本想進一步詢問葉藏，但就在我要開口的那刻，絲竹之聲戛然而止，所有「家族」之人以整齊劃一的動作單膝跪下，齊聲喊道：「——恭迎『族長』大駕！」

隨著她們的語音一落，「家族」的最高領導人——族長，從兩列隊伍中緩緩走了出來。

嬌弱的身軀、身後的白披風、顯眼的羽毛頭飾以及薄到幾近透明的刀子。臉上帶著羞怯的笑容，葉柔緩緩地走到了「滅蝶」成員的前方。

「葉柔她……就是『族長』？」

雖然有些難以想像，但等到親眼看到時，不知為何並不是那麼驚訝。葉柔所展現出來的實力，讓我對她是「族長」的事實，早已有了心理準備。外表看似普通小女孩的葉柔在「家族」之人的盛大排場下，感覺起來尊貴無比。

她緩步走到了「滅蝶」方陣的前方，露出從容的微笑。

就在此時此刻，「家族」和「滅蝶」兩大組織的首領，在虛擬院長的操弄下，就此碰面。

「幸會，『滅蝶者』，我是『族長』葉柔。」葉柔向前方輕輕點了點頭。

「『家族』以接受他人委託，消滅罪惡為生，因為實力非常高強，所以在殺手界中非常有名。但沒想到率領『家族』的人，竟不過是個十四歲的少女。」

「即使是十四歲的少女，也比不用真面目示人的傢伙好。」

葉柔馬上就以犀利的言語反擊，那個迅捷的反應，一點都不像是十四歲的孩子。

「滅蝶者」咧出微笑道：「全世界可是不知有多少人想要我的命啊，就我所知，也有不少人委託妳們將我殺了吧？」

「是的，但『家族』判斷你並非『惡』，所以我們不接受有關你的委託。」

「既然妳們都說我不是『惡』了，那麼，妳們為何又要袒護季武和季雨冬？」

「他們同樣也不是『惡』。」

「他們只要存在，就有解除『最強電腦』封印，讓世界陷入混亂的風險，這樣的存在，難道不算是『惡』嗎？」

「我再說一次，他們並不算『惡』。」

葉柔以堅定無比的語氣說道：「因為『最強電腦』是絕對不會啟動的。」

「為什麼？」

「只要它被封印在『家族之島』上的一天，就永遠不會被外人所開啟。」

「妳憑什麼這麼肯定——」

「別太小看『家族』了。」

「嗯？」

「未經允許踏上此島者——」

葉柔本應什麼都看不到的眼中寒光一閃！

「格殺勿論。」

所有「滅蝶」成員本能感受到了危機，朝葉柔舉起了槍——死了。

「這到底……是什麼……」

不過一瞬間，五十個「滅蝶」的成員就被切成碎片，喪失了生命。

——啪答。

屍塊掉落到地上的聲音，此時才響了起來。

葉柔站在血雨中，露出了純真的微笑。

沒有起步、沒有拔刀、沒有斬擊、沒有慘叫、沒有收刀。

我什麼都沒看到，而我相信在場的所有人都是一樣。

葉柔說完話——然後那五十個人就死了。

這整段事件，就像缺失了過程，直接從開頭跳到了結尾。

「啊啊……」我身旁的葉藏產生了至今為止我看過最明顯的動搖。

從她緊咬的牙關中，溢出了這樣的言語：「我就是……不想要看到這樣的情景啊……」

我看了看幾近崩潰的她，再轉頭望向渾身染滿鮮血的葉柔。

敏感的我，在此時察覺到了一件事——

葉藏她之所以這麼急著想要解決「滅蝶」成員，就是不希望看到自己妹妹進行這樣的大屠殺。

「這真是太驚人了。」在螢幕中的「滅蝶者」拍了拍手笑道：「『族長』竟使得出這樣的神技，真是讓我大開眼界。」

葉柔皺了皺眉頭，向「滅蝶者」問道：「你的同夥死了，你似乎沒有很難過？」

「僅憑五十人，怎麼可能攻陷『家族之島』呢？這點自知之明我還是有的。所以——」滅蝶者露出計畫得逞的笑容說道：「他們的死亡，是計畫中的一部分。」

——異變在此時發生了。

就在「滅蝶者」說完話的那刻，被斬碎的屍體中冒出了幾近透明的藍煙。

「這是……什麼？」

葉藏驚呼出聲，而葉柔因為看不到藍煙的關係，歪著頭露出疑惑的表情。

我比在場所有人都先一步察覺了那股藍煙是什麼。

——那是「病能」！

這股煙霧是「病能者」的病能。

就跟之前在「病能者研究院」中的「死亡錯覺」一樣。這股病能並沒有主人，它從「病能者」身上抽取出來，被單純地拿來當作武器使用。

「『滅蝶者』那傢伙……真是喪心病狂！」

他把「病能」封在那五十人體內，設下了這個局。

一旦他們被斬死，這股「病能」就會從屍體中滿溢出來！

「快逃！葉藏！」

如果是跟「死亡錯覺」一樣致死性的病能，那我們這邊所有人都要死！

我衝到葉藏身邊，拉起她的手想要逃跑。但就在要起步的那刻，我的腳釘在了原地。

——往哪裡逃？

根本……就無處可逃啊。

四周都是大海，就算逃到海中，我也無法長時間維持病能，渡過如此寬廣的海洋。

而且，雨冬怎麼辦？趕回去接她再逃到大海？

不行，來不及。不管怎麼做都來不及。

因為有五十個傳播點的關係，神祕病能的傳播速度非常快。

即使我開啟再多「感官共鳴」，也無法阻止這股病能的擴散。

很快地，「家族之島」就被這股病能完全籠罩！

這股病能造成了何種結果呢？

我只說結論。

它奪走了某種對人類來說最為重要的事物。

那個事物是人們認識他人的基礎，若是少了它，世界將會因此陷入巨大的混亂。

這個事物——

——就是人的臉。

所有在「家族之島」的人，臉都消失了。

滅蝶

領導人

滅蝶者

組織人數

至少有數百萬人，實際數量難以估計

這個組織的成員遍布全世界，並不特屬於一個國家。主核心由一群痛恨病能者的人類組成。這些人多是遇到病能者犯罪的受害者，或是被捲入各國進行病能者實驗的實驗品。

滅蝶的主核心宗旨是「消滅這世界所有的病能者」。因為近幾年有關病能者的混亂越來越多，他們意外的受到許多一般人的支持。在季晴夏重現於世後，他們的聲望也因此達到最高點。

反病能者的組織並非只有滅蝶，但滅蝶之所以能以浩大的聲勢壓下其他組織，是因為他們擁有「病能武器」——這個武器，顧名思義就是將病能者的病能抽取出來，並將其封在無機物中使用。

靠著「病能武器」，他們在無數與病能者的戰鬥中取得了實績。

因此，他們以「在蝴蝶上打叉」當作他們組織的記號，並以「與病能者戰鬥的專家」自稱。

順帶一提，他們的領導人也非常特別。

領導人自稱為「滅蝶者」，身分、年齡、性別、長相、身材皆不明。每次現身時，都是以模糊的電子影像出現在螢幕中，以渾厚的男性聲音說話。

雖然是這種真身不明的領導人，但所有滅蝶的人都對其非常尊敬，只要是「滅蝶者」的命令就絕對會服從。因為滅蝶之所以能有今天的聲勢，全都是靠「滅蝶者」一手打造出來的。光從這點來看，就可以得知「滅蝶者」是多麼厲害且有手腕的領導人。

DANGER! DANGER! DANGER!

——臉盲。

也叫作「面孔失認症」、「面孔辨識障礙」。

籠罩整座島的這個「病能」並不具備殺傷力，它所具備的效能非常簡單，那就是「抹消所有人的臉孔」。

其實「臉盲」——也就是不擅長「辨別他人臉孔」這種現象，人類多數都擁有，只是情況嚴重與否。

輕微的人，可能會較為不擅長認識他人。

明明昨天才見過面，今天卻認不出來；或是明明已經是相處一段日子的朋友，但對方不過是化個妝就以為是陌生人。

若是這種狀況嚴重個百倍以上，那就會成為一種認知疾病——「面孔失認症」。

不管是誰的臉，在患者眼中都會模糊成一片。也就是說，患者「無法辨識人類的五官」。他們辨認他人的方法，是靠髮型、服裝、飾品之類的身外物。

這種人通常會有嚴重的社交障礙，因為他們無法認出人類的面孔。

在患者眼中，就連家人和朋友的臉，也和陌生人一樣模糊不清。

「為什麼……？」獨自坐在房間的我不解地喃喃自語。

在將「滅蝶」成員全都殺掉後——至於顯示「滅蝶者」的螢幕，因為後來怎麼呼叫他都沒有反應，所以就直接毀了——葉柔帶著所有人回到中央高山內的「四合院」。

這時我才知道，這間宅邸是葉柔的住居，也是只有族長可以進入的地方。

回到這邊後，我沒有看到季雨冬，至於大受打擊的葉藏則搖搖晃晃的不知道去哪兒了。

「為何『滅蝶』要散布這種『病能』？」我藉著說出口具體化問題。

若他們的目的是要殺了我和季雨冬，那應該要使用像是「死亡錯覺」的致死性病能才對啊？因為這樣就能一舉把我和季雨冬殺了。

對一般人來說，「臉盲」或許是個很可怕的「病能」。事實上，這個「病能」擴散後，即使強如「家族」，我也能感受到她們身上傳出的不安。

現在在她們眼中，就連至親至愛的人，臉都會是模糊一片。

我是這個島上唯一的例外，也是唯一能正常辨識他人的人。

我的「超感受力」，讓我可以用視覺以外的東西認知他人，所以這「病能」對我是沒有效用的。

那為何「滅蝶」還要這麼做呢？我越想越是搞不明白。

但為了避免什麼意外產生，就暫時長駐「兩感共鳴」的病能吧——

——叩叩。

一陣輕微的敲門聲響了起來，打斷了我的思考。

「季武哥哥。」

是葉柔的聲音。

「我可以跟你單獨說個話嗎？」

當我應允後，門緩緩打開，孤身一人的葉柔出現在我房門的前方。

少了剛剛的那些排場，葉柔看起來就像個羞怯的國中生。但我親眼見識過她的實力，加上知道她「族長」的身分。在這些因素的影響下，我不自覺地緊張起來，正襟危坐。

「不好意思，我眼睛看不到，房間中的人是季武哥哥嗎？」葉柔左右張望。

「是——是！」

我的脊背挺直，以清晰簡短的聲音進行回應。

「雖然你已經知道了，不過還是得正式的向你自我介紹一次。」

葉柔正座在地上，向我深深一拜後說道：「我名叫葉柔，是院長之女，也是葉藏的妹妹，目前擔任『家族』的『族長』，統率一族並管理這座島。」

那個漂亮至極的行禮，讓我聯想到院長，所以我也慌慌張張的低下頭進行回禮。

「您好，我是季晴夏的弟弟，季武。」

「『臉盲』的病能籠罩了這座島，所有人都有些不安，我剛剛去安撫大家花了一些時間，實在抱歉，現在才正式向你打招呼。」

「沒關係、完全沒關係。」

「雖然已經晚了許久……」輕咳兩聲，葉柔以嚴肅的表情說道：「身為『族長』，我代表『家族』所有人，竭誠歡迎你來到這座島上。」

「是！承蒙『族長』歡迎！小的不勝榮幸！」

「小的？」葉柔疑惑地歪了歪頭。

「……別在意。」神經繃得太緊，害我連話都說不好了。

「總之，歡迎季武哥哥來到『家族之島』。」

葉柔站起身，朝我緩步走了過來——跌倒了。

「這到底……是什麼……」

不過一瞬間，葉柔就四腳朝天的跌倒在地，喪失了意識。

——啪答。

葉柔雙腳落地的聲音，此時才響了起來。

倒在地上，葉柔露出了純真的微笑。

沒有起步、沒有滑倒、沒有滯空、沒有落地、沒有慘叫。

我什麼都沒看到，而在場沒人所以也沒人看到。

葉柔走過來——然後就跌倒了。

這整段事件，就像缺失了過程，直接從開頭奔到了結尾。

不愧是「族長」，就連跌倒都這麼的讓人印象深刻——

「才怪——！」

我忍不住吐槽！

咦？真的假的？她是真的昏倒了嗎？

即使用「病能」探查葉柔，葉柔昏倒的結論也不會改變。

近二十四小時發生的事，每件都令人吃驚萬分。但現在這件毫無疑問的可以名列第一名。

就在我因為過於震驚而停止思考時，鮮血不斷從葉柔的後腦下擴散，將地板染紅……

「啊啊啊啊啊啊——！」我趕緊上前救助。

「抱歉，讓季武哥哥見笑了。」

五分鐘後，頭上綁著繃帶的葉柔坐在椅子上，對著牆壁露出靦腆的笑容。

「那個……我在妳的身後。」

「啊啊——真的非常抱歉。」葉柔一百八十度的轉了身，然後再度從椅子上跌下。

頭下腳上的她，內在美完全暴露了出來——是小熊圖案的內褲。

「對、對不起！」慌慌張張的葉柔從地上爬起身來，可能是太過著急，起身的她後腦杓撞到了剛剛自己坐的椅子。

吃痛的葉柔抱著頭在地上不斷的滾來滾去。

——砰！

不斷滾動的她撞到了牆壁！

就像沒電似的，葉柔停止了所有動作。

「……」

太過華麗的自我爆炸，讓看到這一切的我一個字都說不出來。

她是故意的嗎？其實是想藉此測試我什麼？不過看起來也不像啊？

「嗚嗚……」葉柔捂著撞紅的額頭，搖搖晃晃地站了起來。

這次，她總算好好坐到了位子上。

為了怕她又因為搞不清楚方向而跌倒，我輕輕握住了她的手，引導她面向我。

「謝謝季武哥哥，你果然是個溫柔的人呢。」葉柔向我露出惹人憐愛的微笑。

她現在的形象，跟之前見到的帥氣強大實在差異太大，我都要懷疑她是另外一個人了。不過仔細看她的手，會發現她的手雖然非常細小，但掌心確確實實有著努力揮刀後結成的刀繭。

「妳……每天都這樣跌跌撞撞嗎？」

「因為我的眼睛看不到，加上身體非常虛弱，所以這也是沒辦法的事。」

「妳的眼睛真的看不到嗎？」

「是啊。」歪著頭的葉柔，露出一副「這有什麼好問」的表情。

趁此機會，我再度近距離用病能探查葉柔這個人。

她的身體非常虛弱，而她的眼睛也確實看不到東西。

這個女孩給人的感覺和葉藏完全相反。

若葉藏的代名詞是「強大」，葉柔無疑的就是「弱小」。

她身上散發出的弱小，會讓人不由自主地想要呵護她。但是，正是這樣弱小至極的葉柔，殺盡了「滅蝶」的所有人，就連我都無法與她抗衡。

這樣的她，究竟有著什麼樣的「病能」？

「不好意思，季武哥哥，我無法將我的『病能』跟你說。」可能是看穿了我的心思，葉柔露出有些歉疚的笑容，「若是知道我的『病能』，那誰都可以輕易殺了我。」

「沒關係的。」

既然是這麼重要的祕密，就不要再去刺探了吧。

「話說回來，我也得跟身為『族長』的妳道謝——」

「叫我葉柔就好了。」

「葉柔……謝謝妳從『滅蝶』底下保護了我和雨冬。」

「那是應該的。」

「不，妳不但在我危急時出手救援，還在『滅蝶』攻上島時袒護我們，這份恩情著實不小。」

「都是一家人了，季武哥哥何苦跟我這麼客氣。」

嗯？

「一家人？」

「是啊——」葉柔雙手闔起放在臉頰旁，露出燦爛的笑容，「我的姊姊——葉藏不是跟你結婚了嗎？」

「…………」

「姊姊真是有眼光，竟然挑到了這麼一個好歸宿。」

「等、等一下，妳是從哪兒聽到這事的？」

「嗯……？母親大人寫的信中，跟我說她已經將姊姊託付給你了。」

「雖然她確實是有這麼說沒錯……但事實不是妳想得那樣。」

「不是我想得那樣……？」

聽到我這麼說，葉柔的臉色「唰」的變得慘白。

「該不會……你已經想離婚了？」

「也不是那樣！」

「我必須先跟季武哥哥聲明，『家族』之人嫁出去七天後，是不能接受退貨的喔。」

「為什麼妳們的習俗跟消保法這麼像！」

「還是你要錢？要多少錢你才願意繼續維持這段婚姻？」

「好，我現在確信妳是院長的女兒了！」

這思維模式簡直一模一樣！

可能是誤以為我要和葉藏分開而著急，葉柔雙手包裹住我的左手，一臉認真地說：「季武哥哥，你聽好了。」

「是。」

糟糕，她是不是生氣了？

「你已經很了不起了。」

「嗯……嗯？」

「能接受姊姊這麼多天，你已經達成了一個很了不起的成就，只要閉眼咬牙再忍耐個幾天——孩子就會出生了。」

「妳以為是綠豆發芽嗎！」沒有那麼快！

「等到孩子出生後，你們就會想說為了孩子忍耐一下吧。結果不知不覺孩子大了，你們也無法離婚了，就這樣馬馬虎虎的一同走向人生的終末。」

「等一下，這現實感怎麼這麼重啊。」

「因為很多夫妻都是這樣子啊。」

「妳這句話好恐怖！」

「既然百分之八十的夫妻都辦得到了，我相信你和姊姊也能辦到！」

「百分之八十也太多了！」

「相信我，姊姊雖然是那樣，但她做為一個妻子比你想得還棒，具體來說……具體來說……」葉柔抱臂拚命苦思，過了一會兒後，可能是想到了什麼，她右手握拳輕敲了一下左手說道：「她砍死人時，那個斷面非常漂亮。」

「這完全不是一個妻子應該有的優點好嗎！」

「那麼這個如何……她一定可以把廁所掃得非常乾淨！」

「不要再把葉藏和廁所連結在一起了！」

這樣我以後使用廁所時，不就會聯想到葉藏嗎？

「季武哥哥……不，姊夫！」

「竟然已經叫到姊夫了！」妳就這麼想要造成既定事實嗎？

「請你絕對不要放棄姊姊！雖然女性魅力有點欠缺，但她是我最喜歡的姊姊！」

「等等……妳說妳最喜歡妳的姊姊？」

「是的，她是我在這個世界上最喜歡的人。」

「……」看著葉柔一片黯淡的眼睛，我開始回憶葉藏之前曾跟我說過的話。記得她說過……她放跑的犯人找上葉柔，毀了葉柔的雙眼。

我還以為葉柔會因為此事怨恨葉藏，但現在看起來完全不是那麼一回事。

「妳……不怪妳姊姊嗎？」

「為什麼要責怪她？因為她五年前偷吃了我的布丁嗎？」

五年前……妳也記恨太久。

「不是那種小事，我想說的是……妳的雙眼。」

「喔？原來是這事啊。」葉柔搖了搖手，滿臉不在乎地說：「這又不能怪姊姊。」

「咦？」

「那只是個意外，而且……」葉柔從懷中掏出了一張有些泛黃的照片，「要是沒有五年前的『悲劇』，姊姊一直是個非常照顧我的好姊姊，而母親大人也是位非常疼惜我們姊妹的母親。」

照片上頭，是葉藏和葉柔被院長擁住、三人露出幸福笑容的畫面。

光看這張照片，會覺得院長就是個普通的母親，而葉藏雖然看起來有些沉默，但眼神中有著一絲溫柔，至於葉柔……感覺就像是個愛撒嬌的妹妹。

我愣愣地看著這情景，總覺得有些不現實。

因為在物換星移下，葉柔變成了一族的「族長」；葉藏被過去所束縛，喪失了行動的自信；院長則變成了為「世界和平」行動的程式，即使犧牲任何人也在所不惜。

「葉柔……」

「嗯？」

「五年前，晴姊……不，應該說季晴夏真的有到妳們島上，委託製作『最強電腦』嗎？」

「確實有此事。」

「那麼在之後，發生了什麼事呢？」

究竟是什麼事，改變了妳們母女三人，讓妳們變成現在這副模樣？

「自古以來，『家族』都以接受委託——然後消滅『惡』的方式生存著。當時的『族長』判斷接下季晴夏的委託，有助於世界的和平及穩定。」

「嗯……」我總覺得有些諷刺，「病能者」的產生，若以現在的角度看，反而讓世界產生了動蕩和不安。

「但是，在『前族長』接下委託後，『家族』內產生了反對的聲音。」

「為什麼？」

「其實這是一個非常常見的道德問題：『要殺一人救一百人，抑或是殺一百人救一人呢？』」

葉柔輕嘆道：「雖然季晴夏跟前族長表示『只要病能者產生，世界一定會產生極大的進步，也會因此得到真正的和平』。但是反對的人認為，為了一個不知道會不會對世界和平產生效益的『最強電腦』，就要先擄獲八百人當作活祭品，這個舉動未免太過分。」

「確實……」

——犧牲八百人可以得到世界永遠的和平和進步。

若換作是我，我會選擇這麼做嗎？

「為了壓下反對的聲音，前族長採取了一個策略——殺雞儆猴。」

「殺雞儆猴？」

「前族長指稱反對派的帶頭者為『叛徒』，並派了殺手，想要將『叛徒』抹殺掉。」

「即使是懲惡揚善的『家族』……也無法避免這種事發生啊。」

權力鬥爭、自相殘殺。為了維護屬於自己的正義，於是將反對自己的人說成邪惡。每次遇到這種事，總是不免感嘆，人類之所以會在腦中種下「恐懼炸彈」的根源，或許一切都是咎由自取。

「前族長派出的『殺手』很快的就找到了『叛徒』。但不知為何，『殺手』並沒有給『叛徒』最後一擊，重傷的『叛徒』不斷在島上逃竄，最終來到了我的面前。」

「咦……」

這個故事，好像在哪裡聽過？

「『叛徒』砍傷了我的雙眼，讓我就此失明，再也無法視物。」

「等一下，剛剛故事中的『殺手』，該不會就是——」

「是的，就是我的姊姊——葉藏。」

「……」原來是這樣。

五年前，葉藏接了「前族長」的委託，準備將「叛徒」抹殺掉。但可能因為是同族之人，葉藏在下手前的最後一刻猶豫了。逃走的「叛徒」，就這樣把葉柔的雙眼毀了。

不過……總覺得有些奇怪。若事實只有這樣，那葉藏她們一家人並不會變成現在這樣啊。一定有什麼關鍵之處，是現在的我還不知道的。

於是，我開口想要問得更加清楚——

——砰！

門邊傳來一聲巨響，強自中斷了我和葉柔的對談。

我抬頭一看，只見葉藏握拳用力敲了一下房門，打出了一個破洞！

「——別再繼續問了！」突然出現的葉藏大吼。

本來總是面無表情的她激動得渾身顫抖，眼神中也滿是怒火！

「葉藏……」

「姊姊……」

我和葉柔驚訝的望著葉藏。

葉藏怒氣沖沖的走過來，一把抓住了我的手，把我往門外拖了過去。

「等、等一下，葉藏！妳到底——」

「不准再問葉柔任何有關過去的問題！」

葉藏的力氣非常大，她強硬的拉著我，想要強自把我帶離這個房間。

「——姊姊。」葉柔的呼喚，讓葉藏往房門外的腳步停了下來，「姊姊，自從五年前的意外發生後，我們還是第一次見面吧？」

「……」

葉藏咬著下唇，露出痛苦的神色。

「這五年來我寫給妳的信，妳有收到嗎？」

「……」

「妳還是……一句話都不想跟我說嗎？」

聽到葉柔這麼說，葉藏的雙手緊握，就好像要將手掐出血似的。

但是，不管葉柔說了什麼，她都沒有回應葉柔。

「姊姊……」葉柔以懇求的嗓音道：「妳不向我說點什麼嗎？」

如今在我身後的葉柔，並不是一族的「族長」。她單純是個十四歲的女孩，為姊姊對她的冷漠而感到難過。

若是她的雙眼能視物，一定能察覺到葉藏的心情，可是，因為五年前的錯誤，如今的她什麼都看不到。

就連葉藏是多麼難受，她都無法看見。

「……」

最終，葉藏頭也不回的走了出去，將葉柔遺留在房間中。

在離開房間後，我敏銳的感受力，察覺到一陣小小的啜泣聲。

透過「超感受力」放大房間的情景，我看到葉柔坐在地上，不斷落著淚。

不忍心的我解開了自己的「病能」，讓瀰漫整座島的「臉盲」影響了我的認知。

葉柔的臉漸漸消失，變成了一片空白。

就這樣吧。

雖然只是一瞬間，但能讓我不看到葉柔的哭臉，對我來說也是一件好事。

「葉藏。」

「…………」葉藏不理會我的喊叫，只是一股腦地往前疾走。

「喂！葉藏！我在叫妳啊！」

「…………」

「──夠了！」

我將手從她掌中抽了出來。葉藏背對著我，站立在原地動也不動。

看著她落寞的背影，我大聲質問：「為何不回應葉柔？妳也聽到了吧？她根本沒有責怪妳的意思！」

「……這是我們姊妹倆的事，主人不要過問。」

「若是交給妳，妳能解決嗎？」

「就算無法解決，也輪不到主人來插嘴。」

「如果要我不插嘴──」我扳著葉藏的肩膀，將她的身子轉過來，「──那妳就不要露出這種要哭不哭的表情啊！」

在我面前的，是一張被悲傷扭曲的臉。

可能是想掩飾自己的表情，笨拙的葉藏雙手掩面，退後幾步和我拉開了距離。

——但這次我沒有讓她閃避。

要是錯過這次機會，說不定就再也沒有辦法解開她的心結。

跟著她的腳步，我抓住她的雙腕，強自把她的手扳開，讓她痛苦的表情完全顯露出來。

我很慶幸此時的自己擁有「超感受力」。因為若是我沒有這樣的「病能」，我就會被此時籠罩整座島的「臉盲」影響，而錯過葉藏求助的表情。

「回答我，五年前，到底發生了什麼事！」

「我、我……」葉藏的身子不斷顫抖。

「別怕，葉藏。」我輕拍她的頭，柔聲道：「不管發生什麼事，我都站在妳這邊。」

「嗯……」

「告訴我吧。」我將自己的心意灌注在話語中：「讓我『理解』妳。」

「……我知道了。」

深呼吸幾口氣做好準備後，葉藏艱難地開了口。

此時，就像是在尋求什麼依靠，她用右手輕抓住我的衣袖。

以細不可聞的聲音，葉藏緩緩向我道出五年前的事：「五年前，我接到前族長的命令，前往處決『叛徒』。事前我並不知道『叛徒』的真面目，因為『叛徒』一直是蒙著面的。」

「那妳怎麼認出她的？」

「前族長得知了『叛徒』會前往的場所，叫我事先埋伏在那邊刺殺她。事情確實如前族長所想的發展，我突如其來的攻擊刺傷了『叛徒』的腹部，讓她受了重傷。」

「那麼……在最後，妳為何無法進行最後一擊呢？」

「因為，一時好奇的我揭下了她的面罩。」豆大的淚珠從葉藏眼中落下，「那個『叛徒』……

「就是我的母親。」

「什……麼？」

「『叛徒』……就是我的母親，你們口中的院長……」

彷彿被一道雷劈到，殘酷的真相，讓我因為過於震驚而搖搖晃晃地後退。

那個叛徒……就是院長？前族長竟然派女兒去刺殺自己的母親？這真是太令人驚訝了！

也就是說，事實真相是這樣的——

前族長派了葉藏去刺殺院長。葉藏在知道「叛徒」就是自己母親後無法下手，於是放走了院長。重傷的院長逃到葉柔身前，接著不知道發生了什麼事，院長就把葉柔的眼睛毀了。

「我、我——」葉藏雙手掩面，無力的坐倒在地，「我不想讓葉柔知道傷了她雙眼的……就是她的母親啊……」

「所以……妳才叫我不要問她五年前的事嗎？」

「我不知道她到底知道多少，所以我一直避而不談。」淚水不斷地從葉藏的指縫中溢出，「我很笨拙，我不知道該怎麼辦……葉柔是個很聰明的孩子，我很怕被她從我的言詞中察覺到真相，所以我一直不敢和她說話和見面……」

「原來……妳是怕傷害她啊。」

「我很後悔……非常後悔……」

眼淚不斷的從葉藏眼中流出，她以哽咽至極的聲音說道：「一直以來，我都深信『家族』給出的指令，進行『消滅罪惡』的任務。但是當某天我遇到自己的母親時，我突然不知道該相信什麼好了。」

「嗯……」

想必葉藏一定很痛苦吧。一直以來相信的事物，竟不一定是正確的。

就是因為喪失了憑依的事物，所以之後在「病能者研究院」的她，才會像個空殼一般，抱著不穩至極的「消滅罪惡」，想要將我和雨冬殺了嗎？

「若是遵照一直以來的信念，我就該把我母親殺了——可是我下不了手！」

「我明白……」我蹲下身子，輕輕地將葉藏哭泣的臉龐擁入懷中。

「我放跑了母親，然後母親毀了我妹妹。」葉藏雙手緊絞著我的衣服大哭：「我錯了嗎？就因為我沒有貫徹『消滅罪惡』的信念，所以老天爺就這樣懲罰我嗎？」

「不是這樣的……」

「後來……『家族』發生了嚴重的內鬥，我很快地就被捲入其中重傷倒地。等到我醒來後，我已經被母親帶離島上。之後為了逃避這段過往，我再也不敢回到故鄉。」無數的淚珠就像珍珠似的從葉藏眼中落下。

「告訴我——告訴我啊！」葉藏聲嘶力竭地喊道：「從今以後，我到底該相信什麼才好！」

緊緊抱著我，葉藏像個孩子似的號啕大哭。

哭累的葉藏很快就睡著了。

我抱著她，將她送入她的房間中。坐在葉藏的床邊，我靜靜地看著她的睡臉，她的臉龐上頭依然有著剛剛的淚痕，於是，我輕輕地用手指將其抹去。

葉藏睡得很平靜。

想必她已經將這件事藏在心中很久了吧，一直無人可以述說。

有時光是傾聽，就足以給人救贖。今天我能聽到這些事，真的是太好了。

我環視葉藏的房間，結果發現了大量的布偶和少女漫畫。

這傢伙的興趣也太像少女了吧？我不禁露出微笑。

「謝謝你，季武。」突然地，虛擬院長又坐到了我身邊。

「……妳又來啦。」

「哎呀，這次你感覺好像不是很驚訝了？」

「總覺得……我也慢慢習慣了。」

只要有電子設備的地方，虛擬院長就有出現的可能。也難怪她能獲取那麼多情報了，因為不管是「滅蝶」、「莊周」、「家族」，已經成為程式的虛擬院長，都可以自由出入。

「虛擬院長，妳為何要向我道謝？」

「我畢竟是葉藏和葉柔的母親，看到葉藏終於向他人說出心中的結，我還是會感到欣慰的。」

「現在還不遲，妳可以再重新盡一個母親的義務。」

「已經來不及了。」虛擬院長攤開扇子，幽幽道：「現在的我，已經無法以一個正常母親的身分去愛她們了。」

「……」

「所以我才向你道謝，謝謝你代替我做了這些事。」

虛擬院長靜靜注視著葉藏的睡臉，一時之間，我們什麼話都沒說。

她臉上的柔情，就跟個普通的母親一樣。但是……我知道的，一旦和「世界和平」這個目的有了牽扯，她就會毫不猶豫的犧牲她們。

她的身上，同時兼具了溫柔和殘酷。

「季武。」虛擬院長突然打破了沉默。

「嗯？」

「我一直很尊敬也很感謝『家族』。謹守『懲惡揚善』的『家族』，在我心中就跟拯救世界的英雄一樣，可說是非常偉大的存在。」

「嗯。」

「為了學習更多世界上的知識，我十二歲時從『家族』中出走。我希望終有一天這些知識能為我的『家族』派上用場，為『世界和平』盡一份心力。但最終，我被『家族』視為『叛徒』，她們派了葉藏來刺殺我。」

「是啊……」

虛擬院長向我露出了一個悲涼的笑容說道：「不覺得這實在很諷刺嗎？」

「——正義的敵人，永遠是另一個正義啊。」

我想起了虛擬院長之前曾說過的話。

「當知道殺手就是葉藏時，我至今為止累積的信念和價值觀都崩潰了——就跟葉藏一樣。」

「妳突然不知道該相信什麼……是嗎？」

「重傷的我在島中不斷逃竄。最後，我遇到了葉柔，就在葉柔想要將我臉上的面罩掀開的那瞬間，我將她的雙眼刺瞎了。」

「妳不想讓她知道，『叛徒』就是她母親嗎？」

「是啊……」

雖然此事並非我的切身經歷，但就像發生在眼前似的，當時的情景輕易地浮現在我眼前，讓我感受到院長一行人的悲鳴和無助。

「五年前，贊成和反對製造『最強電腦』的家族之人分成了兩派，爭吵和仇恨就像傳染病般不斷蔓延。當我被襲擊倒下後，這些火種登時被引爆，再也無法收拾。」

「之後……發生了什麼事？」

「兩派家族之人展開大戰，造成了無數的死傷，本來總數八百人的『家族』經此一役，人口大減。」

「嗯……」

「若是季晴夏沒有來到這座島，這一切就不會發生，對吧？」

「……」面對虛擬院長的問題，我沒有點頭贊同。

——但是我也沒有搖頭否認。

「所以我才想要除掉季晴夏這個危險至極的存在。即使到了今天，她都不斷地在改變世界，率領著她所創立的『莊周』，她帶著『病能者』到處屠殺一般民眾。」

「晴姊……一定是有什麼不得已的理由。」

「你自己也明白吧，只要她存在，她就會以她的才能扭曲周遭的環境和人類。」

虛擬院長的話，讓我的腦中閃過了雨冬的身影。一直到今天，她都無法從過去的陰影中走出來，緊緊抓著婢女的殼，她只能以自己什麼慾望都沒有來自我欺騙。

「我也是被季晴夏扭曲的一員。」虛擬院長將扇子抵在自己胸前道：「就在五年前的晚上，我被自己的孩子所殺，然後又毀了另一個孩子。當葉柔在我眼前倒下的那刻，我突然陷入了深深的迷惘之中。」

「迷惘？」

「『家族』為了『世界和平』努力至今，我也一樣為了這個目的不斷拚命，就連站在我對立面的前族長想必也是一樣的。既然我們三者都有著同樣的目標，那為何會走到這麼悽慘的結局呢？我想……那一定是因為——」虛擬院長緩緩將頭轉過來，直視著我的雙眼，「一定是因為『世界沒有真正的和平』吧？」

看著她平靜無波的雙眼，我打了個寒顫。

虛擬院長以這樣的眼神和再淡然不過的語氣道：「所以，我決心為了『世界和平』獻上一切。」

就是因為季晴夏和當時的慘劇，造就了這頭怪物出來。雖然表面上保有人性，但是為了「世界和平」，她即使是殺了自己和自己的孩子也在所不惜。

眼前的院長早已不是院長。

她被五年前的慘劇扭曲，成了不擇手段想要達成「世界和平」的執念。

「妳再也……無可改變了嗎？」

「我再也不會變了，因為我早已死去。」

「……」

「我會繼續用我的『實話』利用所有人，直到世界真正和平的那天到來。」

「妳會是任何人的朋友，也會是任何人的敵人……」

「是的。」虛擬院長攤開扇子，向我優雅的行了一個禮，「所以，不要畏懼我——但也不要喜愛上我。」

「我明白了……」

虛擬院長的身影漸漸變淡，這是她要消失的前兆。

她用扇子指了指床上熟睡的葉藏，「要是一直以來堅信的事物崩毀……就會變成像我這樣。我很慶幸葉藏沒有走到這步，這一切都是多虧你的理解和傾聽。」

「哈哈……真是古怪啊，竟然被一個曾經想要殺了自己女兒的母親稱讚。」

「我只會說實話，季武。」

「嗯……」

「不過呢……季武，若今天換作是你，你會變成怎樣呢？」

「換作是我？」

「若是你一直以來深信的季晴夏崩壞，你又會變得如何呢？」虛擬院長露出有些壞心的笑容，「你會不會，也變成和我一樣的怪物呢？」

在留下這句令人玩味的話後，虛擬院長就此消失。

真是的……

「妳自己都承認自己是怪物了啊……」我深吐了一口氣，頭仰天看著天花板，「要是一直以來深信的季晴夏崩壞，那我會變得如何……嗎？」

我沒有那麼堅強。

我早就知道這件事了。

若是季晴夏真的變成我完全不認識的模樣，我想我一定會失控吧。

但是，我深信季雨冬一定會阻止我的。

只要有她在我身後，我相信我就不會走偏——

「啊啊啊啊啊啊啊啊啊啊啊啊啊——————！」

一個淒厲的慘叫聲突然響起！

「……不會吧？」

那是個再熟悉不過的嗓音。我不可能認錯的。

「雨……冬？」

不祥的預感，登時籠罩了我的心頭。

等我趕到季雨冬房間時，一切都已經落幕。

季雨冬倒在地上，而她的左臂消失了。

——她的左臂，被斬斷了。

大量的鮮血從斷臂處噴了出來染紅了地板。在她的身旁，有著一行大大的血字：

「若想要回她的左臂，就解開『最強電腦』的封印。」

「雨冬！」我衝上前去，抱起了地上的雨冬。

「武大……人……噗哈！」季雨冬從口中吐出一大口血。

「不要說話，調節好呼吸！」

「武大人……聽好奴婢接下來說的話……」

「我叫妳不要說話妳是沒聽懂嗎！」

「這個島上……有『內奸』……」

「不要再說了！」

即使我這麼命令，季雨冬依然不肯住嘴。

因為大量失血而意識朦朧的她，拚了命的想要將重要的訊息傳達給我。

「這個『內奸』混進島中……砍斷了奴婢的左手……」季雨冬用僅存的右手，抓著我的衣服，「武大人……要小心這個『內奸』……因為……他也想要危害你……」

使盡所有的力氣後，季雨冬的手從空中墜下，喪失了意識。

可能是說完了所有想說的話，了無遺憾的季雨冬露出心滿意足的笑容。

——這瞬間。

我終於明白了「滅蝶」的用意。

為什麼他們派出的都是女人？

為什麼他們要散布「臉盲」的「病能」？

很簡單——因為這樣他們就能混進「家族之島」中了。

所有人的臉孔都是模糊一片，那麼「滅蝶」的成員只要換個衣服，就能輕易地混進這座島中。

就算我的「病能」能看清他人面孔，那也不具意義。

因為除了葉藏之外，我根本就不認識任何一個「家族」的人啊！

——沒有人可以認出混在「家族」之中的「滅蝶」！

之所以不散布即死的「病能」，是因為害怕我逃走。

但若是用這種方式混進來，他們什麼時候想殺了我和季雨冬都可以。

「啊啊……」

為什麼……

為什麼這麼簡單的道理，我現在才發現！

「啊啊啊啊啊啊啊啊啊啊啊啊啊啊啊啊啊啊啊啊啊啊啊————！」

抱著喪失左手的季雨冬，我懊悔的仰天大叫！

DANGER! DANGER! DANGER!

??

病能
抹消面孔

病能領域
？

疾病源頭
臉盲（Face Blindness）

試想除了你之外的所有人臉都是空白一片，你會覺得可怕嗎？
這就是臉盲患者眼中的世界了。
不知道大家有沒有思考過一件事，靠著「臉」去辨識個體，這行為本身就具有很特別的意義。
辨識人臉——接著認識他人，這是人類專屬的行為，不會在其他生物上出現。
自然界的動物是靠著臉之外的事物去辨識其他個體的（例如氣味、顏色之類的）。所以你不會看到一隻鹿認識另一隻鹿是用臉，畢竟鹿的臉實在是長得不怎樣（？）。
臉盲也叫「面孔辨識障礙」，其實這疾病意外的許多人都有，你若是不擅長記住他人的臉，或是很容易忘掉他人的長相，那說不定你就是罹患了輕微的「臉盲」。
在嚴重的臉盲患者眼中，所有人的臉都是一片模糊，甚至有患者形容「人臉在他眼中就像是個平面的盤子」。
臉盲患者通常都伴隨著嚴重的社交障礙，因為看不到臉的關係，患者只能靠著他人身上的服飾、頭髮之類的事物去辨識他人。
對他們來說，和人相處是充滿不安全感的，他們也很容易因為社交障礙罹患憂鬱症。

DANGER! DANGER! DANGER!

Chapter 5

這座島上沒有內奸

深夜中，我坐在季雨冬床前，握著她的右手一語不發。

因為傷口過於疼痛，陷入彌留狀態的季雨冬不斷發出痛苦的呻吟聲。她左臂的斷面處不斷滲出鮮血，整個身體也因為發燒而燙得跟火爐一樣。

我的「病能」讓我可以靠著「超感受力」去修復他人的身體。但「修復」並不等於「無中生有」，季雨冬失去的左手，我無法讓它生長出來。

也就是說，在找回她左手之前，我什麼事都無法做。

「啊……啊啊啊——！」可能是過於疼痛，躺在床上的季雨冬震動了一下，面容扭曲。

「可惡……」我抱著頭，在房間的黑暗中獨自懊悔著。

我的「病能」讓我比誰都還清楚地感受到季雨冬的疼痛，但是現在的我就連修復她的傷口，讓她稍微好受些都不行。因為若她的傷口復原狀況太好，到時找回她的左手後，我就無法再動手術幫她接回去。

這就像是已經截肢的人，無法再裝上手或是腳。

若是此時治療季雨冬，她將再也不會擁有左手。

但不治療她，我就只能讓她一直處於這麼痛苦的狀態。

「我到底在做什麼……？」竟連季雨冬發生了危險都不知道。

緊握的雙手持續用力，就連指甲刺破了我的皮膚我都沒有察覺。

「滅蝶」奪走了季雨冬的左手來當作和我談判的籌碼，所以他們一定會好好保存它。但不管再怎麼盡心保存斷肢，它的細胞在喪失新鮮血液供給氧氣和養分的狀態下，遲早會壞死。

若是左手已經壞死了，那即使是我開到「五感共鳴」，季雨冬的左手也救不回來。

「二十四小時……」

極限是二十四小時。只要超過這個時間，左手就會壞死，季雨冬將就此成為殘廢。

我必須在二十四小時內找出「滅蝶」潛伏在「家族之島」的「內奸」，然後動手術把季雨冬的左手接回去。

「無法原諒……」

無法原諒。

竟敢讓雨冬受到這樣的傷害。

緊握的雙手用力過度，連骨頭都發出了「喀喀」的異響，但是我仍渾然不覺。

「不管『內奸』是誰，我都要將他碎屍萬斷。」

我在心中許下了誓言，絕對不會原諒那個「內奸」——

此時，我的手機突然響了起來，打斷了我的思考。

上頭的電話，是從沒看過的號碼。

「季晴夏的弟弟啊。」

當我接起來後，一個渾厚的男性聲音從裡頭透了出來。

「……『滅蝶者』嗎？」

「希望你還滿意我們的計策。」

聽到他這麼說，我握著手機的手一緊，差點把它捏壞。

「你們到底想做什麼？為何留下了那行字？」

「我想我已經寫得很明確了，請你想辦法解開『最強電腦』的封印。」

——若想要回她的左臂，就解開「最強電腦」的封印。

「你們的目的，不是殺了我和季雨冬來阻止『最強電腦』的開啟嗎？那為何現在又要我解開封印？」

「本來為了不讓世界變得更混亂，我確實是想殺了你們的。但當你和季雨冬來到這座島後，我突然發現一個對世界更為有利的做法。」

「更為有利的做法？」

「那就是——奪走『最強電腦』的所有權。」

「滅蝶者」以興奮的語氣說道：「只要解開封印，任何人都可以使用這臺『最強電腦』。若是『滅蝶』擁有這臺電腦，那我們不但能解析『病能者』的祕密，也能藉此對抗季晴夏，這才是對世界真正有利的做法吧？」

「所以，你希望我解開『最強電腦』的封印，然後你再藉機占有它？」

「是的。」

「你這麼肯定你能搶在我和『家族』之前占有『最強電腦』？」

「只要你沒找出『內奸』是誰，我就占有絕對的優勢。」

「滅蝶者」發出嘲諷的笑聲道：「但我相信你是絕對找不到的。」

「……一個打算消滅『病能者』的組織，竟然想要依靠『病能者』的力量？」

這真是太諷刺了。

「對付拿槍的邪惡，自己也必須拿槍吧？要與擁有核子彈的無良國家談判，自己也得擁有核武器吧？」滅蝶者以鏗鏘有力的嗓音下了結論：「擁有足夠的力量和武器，才有和人談論正義的資格。」

「一個斷人左手，以此脅迫我的人，究竟有什麼立場跟我討論『正義』？」

「一個沒有阻止自己姊姊殺了上萬人的人，我想也沒什麼資格指責我。」

「晴姊是晴姊，我是我。」看著眼前季雨冬痛苦的面容，我緊握拳頭道：「我沒有她那麼偉大，我只想守護好自己想守護的人。」

「不顧其他人，只要自己身邊的人安好，這某方面來說也是一種『惡』。」

「那又如何？」

「看來你已經失去理智了啊，現在和你談論什麼都沒意義。」

「『滅蝶者』。」

「什麼事？」

「現在還來得及，把雨冬的左手還來。」

「如果我說『不』呢。」

「那我殺了你。」從我自己口中吐出的冰冷語氣，連我自己都有些驚訝。但是，我並沒有想要踩煞車的意思，「若是雨冬最後有了什麼損傷，我就殺了你。」

「真是可怕啊，不過『滅蝶』現在可是有數百萬人啊，你要越過他們來到我面前，你覺得這有可能嗎？」

「若是他們阻止我，我就將他們一併殺了。」

我知道季雨冬被傷害，是我絕對不能忍受的事。可是我沒想到自己會失控成這樣。若是「滅蝶」的人此刻出現在我面前，我想我會毫不猶豫的將他們都殺了。

即使我這樣恐嚇了，感覺「滅蝶者」還是一點驚慌都沒有。

他以平靜的口吻道：「只要你和季雨冬協助我們找出『最強電腦』，並發誓不會阻撓我們占領它，那我馬上將她的左手還給你。」

「不可能。」傷了季雨冬的傢伙，沒有資格跟我談交易。

「你若是真的為了她好，就應該答應這個條件。就憑你，是無法在短時間內找出『內奸』的。」

「我可以。」

「在這樣的『臉盲』中，無人可以認出潛伏在『家族』中的『滅蝶』成員。唯一不受『病能』影響的你，因為是第一次來這座島，所以也無法認出誰是『滅蝶』。」

「沒關係。」我惡狠狠地說：「不管『內奸』是誰都無所謂，只要把這座島上的人都殺了，那麼我遲早會找到『內奸』──」

──唰！

一道銀色的閃光閃過！

我的手機被斬斷，與「滅蝶者」的通話也就此中斷。

「……妳做什麼？」

我抬起頭，看著拿著刀子站在我面前的葉藏。

被憤怒蒙蔽的我，連她什麼時候來到這房間都沒發覺。

「就算再怎麼憤怒，主人也不該說出這種話。」

「妳在做什麼？」

「要不是你穿的衣服和我的主人一樣，我幾乎都要認為你是別人了。」

「——我問妳剛剛在做什麼！」

喪失理智的我站起身來咆哮：

「妳中斷了我和『滅蝶者』的對話！妳什麼時候有膽子這麼做的！」

被我這麼一吼，葉藏低下了頭。

銀色的月光從窗外灑進來，照亮了對峙的我們。

過了許久後，低著頭的葉藏細聲說道：「……是主人叫我要守護你的。」

「什麼？」

她抬起頭來，以堅定的表情對我說：「是你叫我要待在你身邊報恩的。」

「那妳就別阻礙我！」

「我阻止你，是因為我想要守護你！」抽出刀子，葉藏指著我說道：「你現在的模樣，跟之前想要殺了你們的我又有什麼不同！」

「——！」葉藏的話，讓我就像凍結似的定在當場。

她的話太過正確，正確到讓我無言以對。

「……那麼妳說我該怎麼辦？」有些惱羞成怒的我大喊道：「要怎樣才能在二十四小時之內，在這麼廣大的島和五百人之中找出『內奸』和季雨冬的左手？」

「我也不知道。」

「啊？」

「但若是你要靠殺了所有人來找出『內奸』，就由我來阻止你吧——」

舉起刀的葉藏，對我擺出了中段的姿勢。

「這就是我報恩的方式。」

「很好……」直視葉藏的雙眼，我開啟了「三感共鳴」。

雖然理智上知道，我和葉藏打起來對事情根本一點幫助都沒有，但我仍未停止動作。充斥在我心中的憤怒、悲傷和自責，讓我亟需找一個方式發洩。

「那妳就試著來阻止我啊！」

我一個踏步，朝著葉藏衝去！

這是第二次與葉藏對戰了，在之前的對戰中，我已經找到了攻略她的方法。

她真正棘手的只有一個招式，那就是「靜之勢」。但只要開啟「四感共鳴」完全模仿她，「靜之勢」就不足為懼；等到她的刀碎裂後，她就無法與我抗衡。

而且——

我壓低重心，發揮出自己的最高速度。

「靜之勢」還有一個缺點：那就是需要耗費些許時間才能發動。

葉藏必須做好心理準備後以正座姿態面對敵人，也就是說，只要在她坐下前發動攻擊就好！

本來我與她就只有三步遠，要到她身前，只需零點零幾秒！

葉藏現在毫無坐下的跡象，這個距離，她是絕對來不及的！

毫無阻礙的，我踏入了離葉藏只有幾公分的距離，伸出手去，我打算抓住葉藏的右手！

但就在此刻，葉藏做了一件令我驚訝不已的舉動——

「發動『病能』——」

從未使用「病能」的病能者，將手放到了脖子的紅色圍巾上。

——唰！

葉藏將一直以來遮掩住病能者記號的紅色圍巾解開。

脖子處的蝴蝶發光、飛散！

這些光芒以葉藏為圓心，構成了半徑十公尺的「病能領域」，將我們兩人圍了起來。

「展開『愛麗絲夢遊仙境症候群』！」

在她說出這個詞的那刻——

「距離」扭曲了。

本來我的手已經幾乎要抓到葉藏的右手，但不管我怎麼努力往前踏步和延伸我的手，我都無法抓到她。

葉藏逐漸地變遠、變遠——

我們之間的距離，在一瞬間從五公分變成了十公尺！

並不是我跟葉藏之中有誰做了任何移動，單純就是我們之間的距離被這個「病能」拉長、放大。

而且……還不只如此。就像透過凹凸鏡看著這個世界，整個空間的事物不正常的扭動，不斷的變大、縮小、改變形狀，就連腳底踩的地板都跟海浪一樣不斷浮動，讓人感覺一點都不踏實。

「『萬物扭曲』……」

這就是「愛麗絲夢遊仙境症候群」患者眼中的世界——也是葉藏所擁有的世界。距離、長度、大小，這些東西在這個世界中都不具意義，因為它每分每秒都在改變。

「喝！」葉藏蹲下身子，在十公尺外向前方砍了一刀！

「嗯？」

她到底在做什麼？

這麼長的距離，怎麼可能砍到我——嗚啊！

「四感共鳴！」我一瞬間開啟四感共鳴，低頭閃過從我頭上掠過的刀子！

「剛剛……那是什麼？」

葉藏的刀子在揮擊的過程中突然變長，瞬間抵達我的面前。要不是我閃得快，我的腦袋就要被一分為二了！

這個世界太詭異了！還是先保持距離，想辦法習慣不斷變動的世界——

「解除『病能』。」

十公尺的距離瞬間化為烏有。

在「病能」消逝的那刻，我和葉藏之間的距離恢復到原本的狀況——也就是面對面的極接近距離。

她高高舉起刀柄，朝我的後腦砸了下來！

「啊啊啊！」

我狼狽的打滾躲開，木質地板代替我承受了這一擊，「砰」的一聲出現一個巨大凹洞。

拉開距離，我要重整態勢——

「展開『病能』。」葉藏的聲音再度響起，明明我往遠處滾，但感覺我和她之間的距離完全沒有拉開，就像在往下的電扶梯不斷往上走，不管再怎麼努力都是徒勞無功。

葉藏貼著地板揮出了刀子，朝我攻了過來。

「四感共鳴！」

我第二度開啟四感共鳴，跳起來閃過攻擊。

對準身處半空的我，葉藏右腳朝我踢了過來，我舉起了左手進行防禦。但就在我們的手和腳要相交的那刻——葉藏的右腳歪曲了一下，繞過我的手！

——砰！

被踢飛的我重重撞到了天花板，整個身體陷入其中。

「這真是……太扯了。」

嚴格來說，葉藏擁有的並不是什麼恐怖的「病能」。

這並不是「死亡錯覺」或是「刪除左邊」那種足以致死的能力，然而——這無疑是最適合她的「病能」啊！

武人之間的對決，就是距離之間的掌握。

只要掌握好間距，就能製造出「我打得到對方，但對方打不到我」的狀況。

可是在葉藏的「病能領域」中，距離的主導權完全在她身上。

這個世界的變動是隨機的，誰都無法預測，但葉藏是這世界中唯一的例外。

因為這世界原本就屬於她，所以她可以知道接著會怎麼變化。

「那麼……這樣如何呢？」

開啟三感共鳴的我，將認知和注意力擺在自己身上。藉由偵測自己的肉體和精神，我得知自己沒有罹患「愛麗絲夢遊仙境症候群」。

扭曲的世界逐漸變得穩定。

看來這招可行——

「收回『病能』。」解除病能的葉藏，一個踏步躍到我面前，拔刀向我斬了過來！

「嗚啊啊啊————！」

無暇應對的我再度慘叫躲開，身後的天花板被葉藏一刀砍斷！

「轟」的一聲，磚瓦不斷從破洞中落下。

我的「感知共鳴」並不是無限的。若要說得更精確些，就是我的注意力和演算能力是有限的——我無法看著前方的葉藏，然後又看著十公里外的地方。

若是我將百分之八十的注意力集中在前方，就表示其他地方只有百分之二十。

這也是為何我有時明明已經進行「感知共鳴」，卻還是會無法注意一些事情。「滅蝶」之前就是利用這個破綻，讓我在無間斷的攻擊下無暇感知到他們體內的炸彈。

三感共鳴的我若想不被葉藏的「病能」干擾，就必須花費百分之七十的感知力在自己身上，但僅憑三成的「病能」，我無法和葉藏進行對抗。

結論就是，我無法一邊分心感知自己，又一邊和葉藏對戰。

「那麼……剩下的方法只有——」

頭痛再度侵襲我的腦袋，感官共鳴的副作用已經出現了。

這是最後一次了。

這一擊就要決勝負！

閉上眼睛，我深吸一口氣，將所有知覺遍布葉藏的「病能領域」中。

感受這個世界扭曲的狀況，預測它接著發展的變化——

睜開眼來，已經打開四感共鳴的我衝了過去！

我往葉藏的左方空處打出了灌注全身力氣的拳頭——

面對我的攻擊，葉藏半轉身子，將自己朝向什麼都沒有的右方拔出刀來。

以葉藏的身體為中線，我的拳頭抵達了她的左方，她的刀子則砍向了她的右方。

表面上來看，我們是錯身而過，雙方同時對著空氣在打出攻擊，但就在下一刻——

一陣歪曲扭轉了這個狀況！

我的拳頭往她的身子延伸，變成錐狀刺了過去，而她的刀尖也變成狼牙棒的柱狀，往我的拳頭迎了過來！

雙方的預測都是一樣的！

那接著就是——看誰的力量大了！

「喝啊啊啊啊啊啊啊啊啊——！」

「啊啊啊啊啊啊啊啊啊啊啊啊啊啊啊啊啊啊——！」

我和葉藏同時大喊，踏下的腳同時踩碎了木質地板，揚起了一陣沙塵。

刀子和拳頭雖然被扭曲了形狀和軌道，卻還是發出了銳利的破空聲響！

在這個極限狀況，我和葉藏注視著彼此。這一刻，彷彿整個世界只剩下我們。

究竟是我的拳頭先貫穿她，還是她的刀子會先切斷我呢——

「你們——」

一點事前預兆都沒有。

一個嬌小的女孩突然出現在我和葉藏中間，臉上掛著讓人看了無比心寒的微笑。

她小小的雙手張開，同時抓住了我和葉藏的腦袋。連抵抗的力道都來不及生出來，我們兩人的頭就以極高的速度往地板砸去！

「——給我差不多一點！」

——砰！

一聲巨響，我和葉藏的頭沒入了地板中。

「危機都還沒解除，自己人就先打起來是怎樣！姊姊和季武哥哥兩個大笨蛋！」葉柔的怒吼雖然很大聲，但我和葉藏其實沒有聽得很清楚。

因為我們兩個在被敲入地板的那刻，就同時失去了意識。

在「病能」的副作用和葉柔的攻擊下，我很快地就陷入了昏迷。

或許是好好發洩過了壓力，在夢中的我感到非常舒服，甚至還夢到了以往和晴姊還有雨冬一起遊玩的情景。

那時的雨冬還沒變成婢女，晴姊也還沒有完全醉心於她的研究。

究竟是什麼改變了我們？若是我所相信的晴姊和雨冬再也不復存在，那我又會變成怎樣？

不知過了多久，我感受到一陣輕搖，於是緩緩睜開了雙眼。

「季武哥哥，你醒啦。」葉柔的聲音從我上方傳來。

「嗯……」

明亮的陽光從葉柔的髮隙和羽毛髮飾中落下，照得我一時之間有些睜不開眼。

「現在是……？」

「你睡了一個晚上，現在已經是中午了。」

「中午？那這裡又是……？」

「這裡是『家族之島』的『中央之山』。」

一陣微風吹來，青草味和高山特有的清新空氣瀰漫整個鼻腔。我朝下望去，只見我們正在「中央之山」的半山腰，從這個地方，可以望到一半的島。

此時，昏倒前的情景浮現在腦中：

雨冬的手斷掉，「滅蝶者」與我對談，失控的我和葉藏起了衝突——

「等一下，找到『內奸』和季雨冬的左手了嗎？」想到關鍵之處的我跳起身來。沒想到我竟然浪費了這麼多珍貴的時間！

「季武哥哥，乖乖躺下休息。」葉柔的手輕輕地按住了我的肩膀，她的力道使得非常巧，剛好在我起身的力道用盡時，所以雖然很輕，但還是將我壓了回去。

後腦杓著地之處一片柔軟，一點都不疼。

此時我才發現，我正枕在葉柔的大腿上。

「冷靜點了嗎？」葉柔以黯淡的瞳孔對著我，露出微笑。

「嗯……」回想暈倒前的行動，我不由得有些羞愧，「抱歉……給妳添麻煩了。」

「沒關係，人總有迷惘的時候。」摸了摸我的額頭，葉柔道：「我也該跟你道歉，身為『族長』，竟讓『內奸』混了進來，還讓雨冬姊姊發生了這等慘事。這一切都是我領導不周。」

「不，要不是妳們『家族』保護我們，妳們也不會招來『滅蝶』這個麻煩。」

「安心吧。」葉柔以帶著些許威嚴的語氣道：「既然身為族長的我都下了這個決定，我們家族全員就會保護你們。很快『內奸』就會找出來，也不會再讓雨冬姊姊遭遇的這種事發生了。」

「很快就會找出『內奸』？」

「雖然可能最後要靠季武哥哥的幫忙，但請再稍等一下吧，有一個很簡單的方式可以輕易找出『內奸』。」

「在所有人的臉都消失，而且又是在這麼廣大的島上，竟有方法可以輕易地找出『內奸』？」

「是的。」

看著葉柔滿懷自信的模樣，我有些訝異。明明看起來外表這麼柔弱，但是她的心性和表現遠比外表成熟多了。除了在葉藏面前有展現過符合她年紀的情況，她一直以來的行動都像是個沉穩又有能力的領導者。

「妳真的才十四歲嗎……？」

「啊，季武哥哥真沒禮貌，我看起來就這麼老嗎？」

葉柔鼓起嘴巴，有些不開心的說。

「五年前妳不過才九歲吧，那時的妳喪失了雙眼，而且又被──」

我本想說「被母親所傷」，但話到嘴邊，我及時踩了煞車。

院長就是為了不想讓葉柔知道她的真實身分，才將她的雙眼刺瞎，葉柔說不定還不知道真實的狀況──

「你想說刺瞎我雙眼的是媽媽，是嗎？」

「…………」

出乎我意料的，葉柔似乎早就知道這件事了。

「我早就知道了，媽媽被扭曲成這樣，是因為被自己的女兒刺殺，然後又親手毀了自己的女兒。」

「原來妳什麼都瞭解啊……」

「不只如此，我還知道媽媽當初成了『家族』的叛徒，也知道兩派人士在之後展開了大戰。」葉柔述說這些事情的時候，語氣非常平靜。

從她身上傳出的氣息，就像是已經對這些事釋懷。

看著她這副模樣，我不禁吐出感言：「妳真堅強……」

「不是這樣的，季武哥哥。」面對我的稱讚，葉柔搖了搖頭。

「那時的我才九歲，失去了姊姊和母親，身為武人最重要的雙眼也被奪走。還不只如此，『家族』在那場大戰後死傷無數，許多我熟識的人也都在那場戰役中喪失了生命。」露出有些哀傷的眼神，葉柔說道：「那時還是個小女孩的我，怎麼可能承受得住接連而來的打擊。」

「嗯……」

「失去雙眼的我，未來就跟眼前一樣一片黑暗，我不斷地走著，周遭全是慘叫和鮮血噴灑出來的聲音。那時，我以為我會死在那個地方了。」

隨著葉柔的述說，我的眼前彷彿浮現了那時的情景。

在無盡的黑暗中，「家族」兩派展開了大戰，雙眼失明又無人可求助的葉柔，只能在無盡的黑暗中不斷掙扎前行。

「那時的我，不管是肉體和精神都已幾近崩潰了。現在回想起來，要是繼續這樣下去，就算我真的得救，也會變得跟之後的姊姊和媽媽一樣扭曲吧。」

「妳沒變成那個樣子真是太好了。」

「那是因為有一個人出現在我的面前，對我伸出了援手。」

「是誰？」

「季晴夏。」葉柔對我露出有如陽光般明亮的微笑：「你和雨冬的姊姊——季晴夏拯救了我。」

「……………」又是晴姊。

「她將我帶離島上，然後賜予了我『病能』，等到手術完成後，半年的時光也過去了。醒來後的我，第一句話就是對季晴夏大吼：『為什麼要拯救我！我已經一無所有了！一直以來相信的事物都毀壞，妳為什麼不乾脆殺了我！』聽到我這麼說，晴夏姊用再堅定不過的口吻向我說道——」

葉柔用手順了順耳際的頭髮。

「『人不是為了相信什麼才活下去的。』」

「人不是……為了相信什麼才活下去的。」我將這句話擺在心中，細細咀嚼。

「『相信什麼，就意味著依賴什麼。但失去依賴之後，人類仍然能活下去。』晴夏姊繼續向我這麼說。在那之後，她細心地照料我的身體，並教導我怎麼使用『病能』。就像是要印證她所說的話，喪失一切的我，在那之後還是活了下去。」

雖然那是晴姊對葉柔說的話，但我總覺得過去的晴姊，似乎也隔著五年的時光在對我這麼說。

「我之所以幫助你們，也是為了報答晴夏姊姊當初的救命之恩。」

……又被晴姊拯救了一次嗎？

在「病能者研究院」時，我找到了自己的信念。我要與他人站在一起，理解他人的悲傷和痛苦。

但是，我仍對晴姊有著近乎崇拜的敬仰。

「『若人不是為了相信什麼才活下去的，那是為了什麼而活的？』抱持這樣的疑問，我回到了『家族之島』。那時……已經一年過去了。歷經那場大戰的『家族之島』，總人口從八百人減為五百人，前族長也在那場戰役中死去。失去領導人的統率，到處都是一片荒蕪，族人為了爭奪空著的族長之位不斷進行爭鬥。發現這一切的我，登時找到了自己活著的目標。」

葉柔將面龐轉向底下的山林，說道：「我以我的病能奪下了族長之位，讓所有『家族』之人服從我的領導，『家族之島』也逐漸恢復成原先繁榮的模樣。」

「原來如此……」

回想至今看過的葉柔，她都很努力的扮演一個「族長」該有的模樣。

不過才十四歲的她，率領著五百名族人，這是何等了不起的成就啊。

這是一件必須具備強大的武力、意志力和忍耐力才做得到的事。

人是為了什麼而活下去的？想必葉柔找到的答案一定是——

「妳找到的答案……就是為了家族之人而活嗎？」

「不是。」

「——咦？」

露出彷彿十四歲女孩的天真笑容，葉柔道：「我只是想創造一個媽媽和姊姊可以回來的地方。」

「…………」過於簡單且出乎意料的答案，讓我驚訝無比，「只有……這樣？」

「是的，只有這樣。」

「抱持著這樣的想法，不過才四年，妳就將『家族』整頓成現在這副模樣？」

「是的，就像晴夏姊姊所說的，人不是為了相信什麼而活的——」葉柔對我露出了混雜著純真和成熟的笑容，「人是為了追求自己想要的目標，才得以一直努力至今的。」

彷彿被葉柔的話所啟發，我的腦中浮現了季雨冬的臉。一直以來，她都相信「沒有期望就不會有失望」。依賴這個理念的她，深陷「婢女」的詛咒中。

為了我和季晴夏，她甘願做出任何事來。

如果要解除這個認知，我就要以行動來證明——

「她所期望的事情，我永遠都會為她實現……」

只要這樣，總有一天她會相信「期望不一定會誕生出失望」這件事。

彷彿雨過天晴，一直以來壓在身上的陰霾散開，露出了希望的光芒。

終於……我終於找到了拯救季雨冬的方法。

「雖然我看不到，但可以感受到，季武哥哥似乎找到了屬於自己的答案呢。」

此刻，一陣歡鬧的聲音從山底下傳來。

我探頭一看，只見下方黑壓壓的一片，穿著相同服飾的「家族」女子，手上拿著各式鍋碗瓢盆，浩浩蕩蕩的往我們這邊走來。

「接著，就讓我們把『內奸』抓出來吧。」葉柔輕輕將我的頭移開，站起身來。

「要怎麼做呢？」

「這個嘛……」葉柔高舉雙臂，開心地大喊：「開宴會囉！」

五年前，「家族」之人約有八百人，在經歷了一場大戰後，剩下五百人。

據葉柔說，她在我昏迷時，將目前「家族」的所有人，都找來中央之山的半山腰處——

準備開宴會。

乍聽之下會覺得這個思維很跳躍，因為「找內奸」跟「開宴會」這兩件事壓根就沒有關聯性，但在葉柔的解釋下，我馬上就恍然大悟。

「因為『臉盲』，現在大家的臉都是消失的。」在開宴會前的十分鐘，葉柔向我解釋了她的想法：「也就是說，只要『滅蝶』派來的『內奸』換上家族之人的衣服，就能毫無阻礙的混入我們當中。」

「沒錯，而且沒有人可以認出『內奸』。」

所有人的臉都是空白的，他就算光明正大的從我們面前走過，我們也不會發現。

「但是，『滅蝶』他們太小看我們了。」葉柔摸著頭上的羽毛髮飾道：「『家族』之人雖然散在島上各地居住，但在重要集會和訓練時會全員集合在一起。我們彼此間雖沒有血緣，但相處起來就跟家人一樣。」

「這也是妳們之所以被稱為『家族』的原因？」

「是的，如果是家人，就算是看不到臉，也能從說話、行為、生活習慣中認出彼此。」

「我懂了……所以，『宴會』不過是個藉口，妳想藉此將所有人集中在這個地方。」

「若『內奸』混在這五百人中，那他在宴會中的行為一定會有異狀，我們就能抓出誰是『內奸』。」

「若我們一不小心漏看呢？」畢竟有五百人。

「就算我們沒看到，『內奸』也會被周遭的人察覺。」

沒錯……

藉由眾人的力量，來揪出究竟是誰不對勁，這才是「宴會」的真正目的。

至此，我已對葉柔的聰慧感到佩服不已，但我仍道出了最後一個疑慮：「如果『內奸』真的掩飾得很好，什麼破綻都沒露出來呢？」

面對我的疑問，葉柔對我露出了有些奸詐的笑容：「就算真的是如此，季武哥哥，憑藉你的『超感受力』，一定能察覺誰身上有異狀吧。」

五百人排成了整齊的方陣，坐在草皮上，每個人面前都擺著一只酒杯。

除了葉藏之外，全家族的人都在這邊了。

聽說她因為不習慣開啟病能，所以現在還深受副作用所苦，正待在四合院中休息。

所有家族的人都注視著前方站著的葉柔，一語不發。

雖然人數非常眾多，年齡也從二十歲到四十歲都有，但所有人都安靜的等待葉柔發言。

葉柔輕咳幾聲後，以輕柔但所有人都聽得到的聲音說：「各位族人，很開心大家今天能來到這邊，雖然一不小心讓『滅蝶』得逞，散布了『臉盲』的病能，但請大家不用驚慌。」

葉柔稍停一下，以黯淡的雙眼環視大家一圈。

「就算看不到彼此的臉，我們依然是家人——是同族之人！」

葉柔提高了音量：「身為族長，一直以來我也都看不到大家的臉，但這影響我率領大家嗎？影響妳們對我的尊敬嗎？」

「——完全沒有！」

五百人的回應響徹了半山腰，就像是同一個人在說話。

不過才三句話，我就感到所有人的不安被葉柔的話驅散。

「沒有任何族人感到不安，身為『族長』，我感到欣慰。」

雖然葉柔很瘦小，但此時站在眾人面前的她，讓我感覺似乎高大了起來。

葉柔緩緩抽出了腰間的刀，直直地舉向空中。

所有家族之人在看到葉柔這麼做後，也全數拔出刀來，指向地面。

這是她們「家族」特有的敬禮形式，表明了對族長的最高敬意。

所有人的動作整齊劃一，沒有任何猶豫。

這是我跟葉柔商量過後，為了抓出「內奸」所設下的第一道關卡。

我本想若是有人對這動作遲疑了，那她就極有可能會是「內奸」。

但是，我並沒有看到任何可疑的人。

這個舉著刀的敬禮持續了約莫三分鐘。結束後，葉柔舉起桌上的酒杯。

「我以各位族人為傲，也請各位族人以我為傲。」

對著眾人，葉柔仰頭喝乾了酒，大聲道：「乾杯！」

「乾杯——！」

五百人同時一仰頭，將面前的酒杯一飲而盡。

混著「內奸」的宴會，就此開始。

在宴會會場旁有一棵大樹。

開啟「病能」的我躲在樹後，坐在草皮上默默地觀察所有人。

葉柔緩步穿梭在人群中，親密的跟族人寒暄。雖然有五百人這麼多，但盲眼的葉柔在接觸族人的那刻，就能憑著聲音和感覺馬上認出對方是誰。

而每個人在和她談話時，臉上都露出了開心和敬仰的神情。

我可以感受得出來，這些人都是真心尊敬著她們的族長。

一個十四歲的女孩，竟能做到這種地步，我不禁感到敬佩。

「真的很厲害……」

葉柔在聊天的過程中，一直在藉著對話刺探對方是不是內奸。

但若不是我事前知曉一切，我會以為她只是在關切對方的近況——事實上她也真的是在這麼做。

她這個舉動，不但舒緩了族人因為「臉盲」而緊張的情緒，還連帶的給了內奸威脅。

既有人望、又有武力，甚至連智慧都具備。

這副模樣，讓我腦中浮現了一個人——

「葉柔和我很像，對吧？」一個聲音突然在耳邊響起。

腦中所想的人不知何時具現化到了我身旁。

正座在我身旁的虛擬院長迎向我的目光，對我微微一笑。

「……妳又來啦。」

「畢竟是難得的宴會。」她用闔起的扇子指著前方的葉柔，「她是個好女孩，對吧？」

「是啊，好到難以想像她只有十四歲。」

僅僅為了守住能讓葉藏和院長回來的地方，就讓五百人心悅誠服的追隨著她。

「因為單純，所以才容易凝聚人心吧。」

「就這方面來說，妳們真的很像。」

都是為了自己的目標，拚盡全力的人。

「是啊。」虛擬院長露出有些寂寞的神情，「但願她最後不要走到我這個下場。」

「嗯……」

坦白說，我非常害怕虛擬院長。

她的才智過人，執念也太過於強烈，我不知道什麼時候會被她突然從背後捅一刀。

但是，我很難真的討厭這個人。就像她曾說過的，她的每句話都是實話。所以此時露出這種表情的虛擬院長，也是她眾多面貌中的一個。

我側臉看向身旁的虛擬院長，只見用扇子遮住下半張臉的她，正以溫柔的眼光注視著遠方的葉柔。

「虛擬院長。」

「嗯？」

「自從妳刺瞎葉柔的雙眼後，就再也沒跟她見過面了吧？」

「是啊。」

「既然已經五年沒見了，妳不去跟葉柔打聲招呼嗎？」

「不了。」虛擬院長輕輕搖了搖頭。

「要是妳去跟葉柔說說話，她會很開心的。」

「她看不到我，而我也觸碰不到她。」虛擬院長淡然道：「要是真的說了話，想必也只是徒增悲傷吧？」

「嗯……」聽到虛擬院長這麼說，我感受到一絲寂寥。

因為母親的傷害而再也看不到的女兒——以及因為女兒的受傷而扭曲的母親。

葉柔的願望是「創造一個媽媽和姊姊可以回來的地方」，但這個願望註定破滅。

因為她的母親早已死去，雖然現在就在我身邊，但嚴格說起來，這人並非她的母親，只是一個外頭包著院長軀殼的執念。

她所認識的母親，已經永遠不會回來了。

「葉柔的願望，並非完全無法實現。」看穿我思考的虛擬院長對我露出笑容：「至少，葉藏回來了——回到這塊葉柔拚死守護的故鄉。」

「是啊……」

但直到現在，她們彼此間還是一句話都沒說。

「你知道嗎？其實葉藏很不喜歡看到葉柔殺人。」

「我有隱約察覺這件事。」

之前葉藏這麼急於解決「滅蝶」，也是為了不要讓葉柔殺人吧。

「雖然葉柔早已殺了無數人，也非當初那個躲在葉藏身後需要她保護的小女孩，但在葉藏眼中，葉柔的模樣想必和以往沒兩樣吧。所以，她才不希望葉柔的雙手染上鮮血。」

「……這對姊妹，也太笨拙了。」

明明心中都惦記著彼此，但誰都不敢伸出手去觸碰對方。

不知為何，她們的模樣，讓我想起了晴姊和雨冬。

「我想，她們需要一個可以擔任中間橋梁的人吧。」

「嗯……？」

總覺得剛剛沉重的氣氛似乎有些轉變。

只見虛擬院長攤開扇子，扇面不知為何寫上了「半買半相送」這句話。

「有沒有興趣把葉柔也娶下，拯救這對哀傷的姊妹啊。」

「又是這種發展！」

妳到底多喜歡推銷妳的女兒！

「放心啦，『家族』因為都是女人，一夫多妻是常態。」

「我不是在說這個，葉柔不是才十四歲嗎？」

「嗯？十四歲就可以懷孕了耶。」

「妳那副『這傢伙到底在說什麼的』的表情真是讓人火大。」

有問題的人絕對是妳！

「不過和沒人要的葉藏不同，葉柔這個物件很優秀，我可不會這麼輕易地就將葉柔交給你——」

「沒人要？物件？」這是一個母親該用的措辭嗎？

「若你想娶葉柔，就先通過我的考驗吧！」

「喔喔！我就是在等這個，妳的行動總算是像個母親了！」

看著一臉嚴肅的虛擬院長，不知為何讓我有點感動——

「只要你眨眼一次，葉柔就是你的。」

「——這也太簡單了！」把我剛剛的感動還給我！

「你剛剛眨眼了，好了，葉柔是你的了。」

「有夠隨便！隨便到我都不知該說什麼好了！」

「面對我的要求，你迅速且毫無猶豫的——用眼皮點了點頭。」

「我第一次看到有人這樣形容眨眼！」

「都做了這種事還想抵賴，你還是不是個男人啊。」

「別說得好像我做了什麼好嗎？我只不過是眨了個眼！」抱著頭的我大聲抗議：「而且我之前就跟妳說過了吧，這種事，重要的是當事人的意願。」

「放心啦，葉柔很喜歡葉藏的。」

「那又怎樣？」

「也就是說，為了幫助葉藏的夫妻生活，葉柔會主動說要和她共事一夫。」

「真的假的？這也太喜歡姊姊了吧！」

「買葉藏，送葉柔，買一送一。」

「別用這種說詞！」

「可是因為葉柔太過能幹，不管是白天還是晚上，葉藏都無事可幫忙，這使得葉藏在家中越來越沒立場。逐漸被丈夫冷落的她，最後會變成廁所的一部分，完全沒人理會。」

「這也太慘了！」

雖然我覺得這好像真的有可能會發生就是了……

看著我的激烈反應，虛擬院長嘻嘻一笑後，用扇子掩住了嘴。

這傢伙……又在捉弄我。

「不過呢……」虛擬院長搖了搖扇子，對我輕笑道：「不覺得人和人之間的因緣真是不可思議嗎？」

「怎麼說？」

「我被季晴夏扭曲，於是煽動『滅蝶』想要襲擊你和雨冬；葉柔卻被季晴夏拯救，決意率領『家族』守護你們。」

「是啊……」

「就連現在我們能並肩坐在這邊聊天，都是很神奇的一件事吧。」

虛擬院長放下扇子，此時，她的手中出現了一杯酒。

「怎麼有酒？」

「這杯酒也只是影像啊，為了和你共飲，沒有酒怎麼行。」

虛擬院長側轉身，以漂亮的正座姿態面對我，向我遞出了酒杯。

酒杯中，盛滿了琥珀色的酒液。

「一直以來——許許多多的事都麻煩你了，季武。」

虛擬院長頭垂下，露出了優美的微笑。

看到她這模樣，我不禁搔了搔頭，露出苦笑。

妳曾做過的事，可不是用「麻煩」一句話就能帶過的吧？

但是……

我遞出酒杯，象徵性的和虛擬院長的酒杯輕碰。

我的酒杯沒入她的酒杯影像中，理所當然的沒有撞出聲音。

「乾杯。」

我還是，無法完全討厭她。

一時之間，我們兩人都喝著手上的酒，誰都沒有說話。

我專心的看著宴會會場，但完全沒發現可疑人物。

全部的人身心都非常平穩，就像是在盡情享受這個宴會。

不管怎麼找，我都找不到「內奸」是誰。

「虛擬院長。」

「嗯？」

「妳本來也是『家族』之人吧。」

「是啊。」

「那麼，妳有看到哪個不認識的人混在裡頭嗎？」

「我看不出來。」搖了搖頭的虛擬院長說道：「受到『臉盲』的病能影響，這裡所有人的臉在我眼中都是一片模糊，就連季武你的臉也不例外。」

——咦？

「等一下，妳不是程式嗎？怎麼會受到『病能』的影響？」

「我是依照『僅存實話』的病能製造出來的，那麼理所當然的，我也會受到病能的影響。」虛擬院長對我露出笑容，「若是我不受『病能』影響，我之前在『病能者研究院』中變成程式後，不就會發現季晴夏躲在季雨冬左邊了嗎？」

「妳說得沒錯……」我竟然沒有發現這件事。

若虛擬院長說得是真的——不，她所說的話一定是實話。

這就表示——

「你想得沒錯，這就是我最大的『弱點』喔。」虛擬院長攤開扇子，對我露出豔麗的笑容：「畢竟之前給你添了不少麻煩，這項情報，就當作是給你的一點小小補償吧。」

「嗯……」

真是混亂的存在。

真不知該畏懼她還是親近她比較好。

「總之，我無法幫你認出內奸是誰。」

「嗯。」

「而且說實話，這次我站在『滅蝶』那邊，我希望他們能得到『最強電腦』。」

「喔……？」我有些驚訝地問道：「妳不是一直為了世界和平而努力嗎？『滅蝶』得到『最強電腦』後，世界只會更混亂吧？」

「對世界和平威脅最大的，一直都是季晴夏。」

「……」

「你知道嗎？為了獲取她的情報，我來到了她所創立的『莊周』中。明知道我很有可能對她不利，結果她二話不說就讓我加入了，不只讓我擔任要職，甚至連機密情報都不避諱的讓我觀看。」

「很像晴姊的作風……」

行動看似亂七八糟，但其實都有著她的理由，只是旁人不一定能理解。

「我曾以為我算是很有才智，但與她相較，我才發現自己根本不算什麼。」

「說得太誇張了……」在我眼中，妳也是個不遑多讓的怪物。

「季武，你知道季晴夏的力量來自於何處嗎？」

「嗯……頭腦？」

「不。」虛擬院長「啪」的一聲張開扇子，「是『無法理解』。」

「無法理解？」

「就算是再簡單的事物，只要無法理解，人類就會感到害怕。你之前不也因為這樣害怕過葉柔嗎？」

「沒錯……」

因為無法理解葉柔，失控的我甚至襲擊了她。

「即使我已經待在季晴夏身邊一段時間，還是無法理解她到底做了什麼，你知道嗎？『莊周』可是有著幾百人啊，但至今我完全沒看過除了季晴夏以外的成員。」

「連妳都沒看過？」

「不只我，全世界都找不到『莊周』，季晴夏不知道用了什麼方法，把這幾百位病能者都藏起來了。」

「嗯……」

跟在「病能者研究院」的情況類似。

那時季晴夏藏在季雨冬的左邊中，無人能察覺。

晴姊她巧妙地運用了人類的思考，躲在人類的盲點中。

這次的狀況雖然類似，但難易程度實在差距太大。

因為這次，季晴夏將幾百人藏了起來，全世界沒有人找得到他們。

「季晴夏擁有常人無法理解的力量和思維，若是『滅蝶』得到『最強電腦』並得以解析它，或許就能窺探到季晴夏想法的一角。」

「所以妳才希望『滅蝶』得到『最強電腦』嗎？」

「沒錯，我希望這個世界上，能存在著一個『可以與季晴夏對抗的存在』。」

「可以與晴姊相抗衡的存在……」

現在「滅蝶」的勢力遍布全球，他們理應是最有可能達成這目標的人。

但不知為何，我實在無法想像這世上有任何事物能與晴姊相提並論。

「『最強電腦』究竟在這座島上的何處？」

「不知道，找出『最強電腦』的方法，似乎掌握在族長手中。」

「葉柔？」

「是的，而且要實現這個方法，必須湊齊『季武』和『季雨冬』兩張牌，要是少了你們之中任何一人，就無法找到『最強電腦』，也無法解除『最強電腦』的封印。」

「晴姊到底設下了什麼機關……」

「不過，內奸現在混在你們當中，要是你們不先解決這個問題，在解開『最強電腦』的那刻，說不定『滅蝶』就會突然出現，然後將『最強電腦』奪走喔。」

「我相信這也是他們的打算。」

抹消所有人的面孔，然後派出內奸混入我們當中。

因為這樣內奸就能躲在我們身旁觀察情況，只要我們找到「最強電腦」，滅蝶就有可能會出手襲擊。而且更麻煩的是，季雨冬的左手在他們那邊，這就好像他們把季雨冬的左手當作人質，如果真的和他們硬碰硬，我也沒有任何勝算。

若要解決現在的狀況，最好的辦法就是——

「搶在『滅蝶』之前找出『最強電腦』，然後拿『最強電腦』跟他們交涉，對吧？」

看穿我想法的虛擬院長，將我心中的念頭說了出來。

「沒錯……」

「滅蝶」的目標是「最強電腦」，只要拿「最強電腦」當作贖金，相信他們會很樂意將季雨冬的左手還給我。

雖然「最強電腦」會就此落入「滅蝶」手中，但現在最優先的事項，是將季雨冬的左手救回來。至於「最強電腦」之後可能造成的世界混亂，就交給晴姊去解決吧，那已經超脫我所能處理的範疇了。

閉上眼審視剛剛的想法，我知道我的決定是對的。

不要逞強，不要想著做出超越自己極限的事情。

先拯救身邊的人，再想著去做超過那之上的事。

所以，我現在最該採取的舉動就是——

「找出『內奸』。」

只要內奸在我們身邊，我們這邊的情報就會不斷流出。

若是知道「最強電腦」在何處，讓「滅蝶」先占領了「最強電腦」，我就無法拿「最強電腦」和他們進行談判。

「不過呢……季武，我和『滅蝶者』很熟識。」

「嗯？」

「統率幾百萬人的『滅蝶者』，他所設計出來的計策真的有這麼簡單嗎？」

「什麼意思？」

虛擬院長突如其來的一句話，讓我的心中浮現了不安。

「若我沒有預料錯誤的話，你們應該是找不到『內奸』的。」

「找不到……『內奸』？」

就在我想要繼續問時，一陣巨大的歡呼聲打斷了我。

宴會已經走到尾聲。

葉柔在最前方舉起酒杯，所有人看到她的舉動後，同時舉起酒杯來，歡聲雷動。

「諸位，宴會要結束了。最後，有一個問題想問大家。」

葉柔摸了摸頭上的羽毛髮飾。

——這是我跟葉柔在宴會前商討好的暗號！

我趕緊收斂精神，看著宴會中的五百人。

我跟葉柔商量過了，若是沒有在宴會中找出可疑的人，就由葉柔在最後一刻問大家「這個問題」。

開啟四感共鳴，我將這五百人的反應都納入掌握之中。

若是有任何人說謊，我一定能察覺。

「這是針對在場每個人的問題——」

面對所有人，葉柔緩緩開啟了她小巧的朱脣問道：

「妳是潛伏在『家族』中的『內奸』嗎？」

面對這樣突如其來的問題，所有人先是困惑了一下。

但緊接著，她們馬上齊聲答道：「——我不是！」

像是要印證她們的清白，所有人都大聲答道：「我不是潛伏在『家族』中的『內奸』。」

在聽到這應答的同時，我的心也被巨大的震驚給籠罩。

沒有人說謊……

這五百人中，沒有任何一個人說謊。

這就表示——

我以不可置信的眼神看向身旁的虛擬院長，只見她露出高深莫測的笑容，對我說出了結論：

「這個島上沒有『內奸』，對吧？」

Chapter 6

「最強電腦」的所在之處

宴會結束後，葉柔命令五百名族人暫時到四合院的院子中待命。

我和葉柔單獨坐在葉柔的房間中，兩人都一言不發。

這座島上不可能沒有「內奸」。

不只客觀事實顯示如此，就連季雨冬都曾經這麼說過——

「這個島上……有『內奸』……」

「這個『內奸』混進島中……砍斷了奴婢的左手……」

「武大人……要小心這個『內奸』……因為……他也想要危害你……」

「內奸」潛伏在「家族」成員中——事實應該是如此，不會錯的。

但是……

「整理一下至今為止的狀況吧。」葉柔這麼說道。

「嗯……」

「『家族』現在的人口有五百人，『滅蝶』在散布『臉盲』的病能後，混入了家族成員中，成為了內奸。」

「嗯。」

「趁季武哥哥不注意時，內奸砍斷了雨冬姊姊的左手，這是到目前為止的事態發展。」

「沒錯。」

「從這個事件中，我們得到一個結論：『家族成員中一定有內奸存在。』」

「是的。」

「為了找出這個內奸，我們開了宴會，所有『家族』成員都到場了，沒人缺席，可是——」葉柔眉頭緊皺，「面對我的最終問題，所有人的回答都是否定的，季武哥哥的『病能』也沒有偵測到有人說謊。依據這個狀況，我們得到的結論是——」

「……這五百個人中，沒有任何一個人是『內奸』。」我接話道。

「但是，『內奸』是確實存在的，要不然雨冬姊姊的左手就不會被砍斷。」

「那就是……我的『病能』在感知上出了問題？」

「不太可能。」葉柔打斷我的話後繼續說：「『家族』中的五百人，每個人我都記得她們的姓名和身家狀況。」

「嗯……」

「剛剛在宴會中時，我藉著聊天探詢了每個人，結果發現沒有人有異狀。」

「我也是，即使是在宴會中使用『病能』，我也沒察覺到任何人有異樣。」

「這五百個人不管是面對多細微的生活考詢都答得出來，坦白說——」歪著頭的葉柔困惑地道：「很難想像這五百人中有假扮成『家族』的『滅蝶』之人。」

「……真的沒有嗎？」

「是的，沒有。」葉柔斬釘截鐵的說：「我覺得這五百人都是這些年來生活在我身旁的族人，如果『滅蝶』假扮成其中任何一人，我想我一定會發現的。」

「太好了，結論出來了。」我有些自暴自棄地說：「這個島上一定有『內奸』——但是沒有任何人是『內奸』。」

就跟「病能者研究院」中的情形一樣，我陷入了無解的狀況。

到底又有什麼地方是我們忽略的？

我抬頭看向窗外，金黃色的夕陽從窗中灑了進來。

已經快沒時間了，離二十四小時的時限，只剩約莫五個小時。

心中隱隱感到不安，總覺得某個大陰謀正在悄悄靠近我，我卻仍渾然不知。

「我現在唯一想到的可能性，是有人藏在島中。」

聰慧的葉柔，馬上替我想到了另一個解方。

「藏在島中？」

「族人共有五百人，但是這座島很大，在我們開宴會時，說不定有不是家族的人藏在島的某處。」

「有道理……」若是有第五百零一、五百零二個人是「內奸」，那就說得通了。這多出來的人砍下了季雨冬的左手，然後藏在島的某處。

「但是……時間不夠了。」

剩下的時間，無法讓我跑遍整座島，搜遍島的角落。

不對，若是用「病能」的話……

「季武哥哥，先放下找出『內奸』這件事如何？」

葉柔突如其來的話，打斷了我的思考。

「放棄？」

「只要搶在『滅蝶』之前占據『最強電腦』，就能拯救雨冬姊姊了吧？那我們根本就不用找出內奸吧？」

「可是……若不找出內奸，情報會外流，不但『滅蝶』有可能搶先占走『最強電腦』，我們也有可能在尋找過程中突然被捅一刀。」

「有方法能解決這個問題。」葉柔豎起手指，「從此刻起，直到解開『最強電腦』那刻，情報都只要讓少數人共享就好。」

「喔喔……」

若是只有少數人知道情報，那就算「內奸」藏在這座島的某處，我們也不怕。

「重要資訊就只讓我、姊姊、季武哥哥、雨冬姊姊這四個人知道就好。」

「就這麼辦，而且為了避免意外，在分享資訊時必須關閉所有電子和智慧機械。」

「……為什麼？」

看著葉柔疑惑的神情，我才意識到一件事——她不知道虛擬院長已經變成程式，能憑藉電子機械出現。但有關她母親的詳細狀況，還是不要跟她說好了。

「總之……我有我的理由。」

我以模稜兩可的答案帶過。

好在「家族」位於大自然中，不像城市裡有這麼多監視器。只要注意個人的智慧型手機，就能防止虛擬院長攪局。

我往窗戶外看，只見夕陽已經西下，暗夜即將降臨。

動作必須再快些，我們必須在時限內，搶先一步占領「最強電腦」。

「身為『族長』，若是沒有這事，我是很想一直封印『最強電腦』的。但現在看來，為了要救雨冬姊姊，也只能解除了……」

葉柔嘆了一口氣，將腰間的刀子抽了出來，說道：「現在，就讓我來告訴你找出『最強電腦』的辦法吧。」

「這把刀名叫『透』，是晴夏姊姊給我的，用來和我的『病能』相配合。」

「透」這把刀跟它的名字非常相襯，刀面非常的薄，薄到幾近透明。

葉柔將刀遞到我的手上，也不知道「透」是什麼做的，我幾乎感受不到它的重量。

「晴夏姊姊在四年前跟我說過，若哪一天想解開『最強電腦』的封印，就得先湊齊『季武』和『季雨冬』這兩把鑰匙。只要如此，就能找到『最強電腦』，也能解開它的封印。」葉柔一邊說，一邊將「透」輕輕地按上了我的手掌，鋒利至極的刀身沒入我的肌膚中，割出了些許的血。

我的血滲入刀面，逐漸將刀子染紅。

「只要讓『透』吃下季武哥哥的血，就會得到『最強電腦』所在之地的提示。」

原來如此，只有我的血才能開啟提示嗎？

我緊緊地盯著刀面，深怕錯漏了什麼訊息。

究竟是什麼東西會告訴我們「最強電腦」的所在之處？

地圖？文字？影像？暗號？

但是出乎我意料的，這些可以提示地點的東西都沒有出現。

吃下血液的「透」發出了強烈的光芒。

接著——

一陣悠揚的音樂，就這樣從刀身傳出。

「音樂……？」一開始時，我還以為是錄音之類的東西，但不管再怎麼仔細聽，這都只是單純的音樂。

曲調由十幾種樂器組成，雖然旋律十分好聽，但是亂無章法，完全沒有依照樂理演奏。

約三分鐘後，這段音樂播放完畢。關於「最強電腦」的提示，音樂裡一個字都沒提。

納悶的我轉頭問葉柔：「這究竟是怎麼回事？」

面對我的疑惑，葉柔搖搖頭道：「我也不知道，為了怕機密洩漏，晴夏姊姊並沒有跟我解釋得很詳細，但是她曾跟我說過——這是唯有季武哥哥能明白的提示。」

「唯有我能明白……？」若說我的獨特之處，那就是——

腦中靈光一閃，我登時明白了季晴夏的意思。

「葉柔，再來一次。」

再一次餵過我的血，「透」發出了強烈的光芒。

但是這次，我開啟了我的病能。

「感覺相連症」的患者，因為感官共鳴的關係，能看到聲音的顏色、嘗到聲音的味道。就算在他人耳中只是聲音，但對我來說，只要開啟病能，我就能透過其他感官的共鳴，看到藏在音樂中的訊息。

在無數的音符中，一個風景浮現在我腦海——

那是個極為接近天空的地方，周遭一個人都沒有，也可以從那個地方看到整座島——我想，那一定是「最強電腦」的所在之處。

這是只有罹患「感覺相連症」的人才能解開的機關，也是只有我才能看得懂的提示。晴姊果然高明，為了怕其他人得知情報，竟使用了這種手法。

「——快走吧！」

知道位置的我馬上起身要前往，但此時，葉柔輕輕拉住了我的衣角，阻止了我的行動。

「季武哥哥，你不能去。」

「為何？既然知道了地點就快去啊！現在已經快沒時間了！」

「你要是去了，就中了他們的計。」

「什麼意思？」

「要拯救雨冬姊姊，我們需要達成的條件是：『在滅蝶不知情的狀況下占領最強電腦，並用最強電腦當作籌碼跟他們談判。』」

「這個我知道，那妳為何現在要阻止我——」

「因為『內奸』還沒找出來。」

「內奸……？」

「我本來以為可以先不用處理內奸，但依照目前的情況，目的地離我們有段距離，對吧？」

「沒錯。」

「若是如此，那你就不能過去，因為只要你在前往『最強電腦』的過程中被內奸看到，那一切就完了。」

看著葉柔再嚴肅不過的臉龐，我登時明白了她的意思。

——「內奸」就在我們身旁。

我們不知道他是誰，不知道他藏在哪兒。

他就像是梗在喉嚨中的魚刺，隨時有致命的危險。

只要被看到了，內奸就可以悄悄尾隨在我們後方，甚至有可能在前方設好陷阱，等待我們踏進去。

甚至，他也不用這麼麻煩，只要將「最強電腦」的所在之處通報給「滅蝶」知道就好。只要他們知道地點，我就可能無法搶先占領「最強電腦」。

若是沒有和「滅蝶」談判的籌碼，我就無法換回季雨冬的左手。

「真沒想到……就算找到地點也沒用……」我頹然坐下。

只要沒有找出「內奸」，我就不能前往「最強電腦」的所在。

「不得不說，『滅蝶』散布『臉盲』，將內奸安插進來這手棋十分高明，不知藏在哪裡的內奸完全限制了我們的行動。」

「事情又回到了原點……我們還是得先將內奸找出來嗎？」

「但是……怎麼找呢？族內的五百人，不管是我還是你，都沒有發現異狀不是嗎？」

「是啊……」

「以你的『病能』看，沒有任何人說謊，以我的『認知』看，這些人都是多年來跟我一同生活的族人。」

「我知道……」

我們沒有任何找出「內奸」的方法。

寶貴的時間一分一秒的過去。

我和葉柔相對而坐，彼此之間默然無語。

就在我束手無策時，葉柔頭上的羽毛頭飾晃了一下，吸引了我的注意力。

「其實……不一定要找出『內奸』。」

靈光一閃的我，突然這麼說道。

「喔？季武哥哥想到什麼法子了嗎？」

「只要限制『內奸』的行動，讓我們能安全的前往『最強電腦』所在之處就好。」

如果靠葉柔的「族長」身分……

那就算找不出內奸，也能讓內奸動彈不得！

「葉柔。」

「什麼事？」

「沒有時間了，接著我要拜託妳幾件事。」

1. 把「家族」之人身上的電子設備都沒收。

2. 將所有人的武裝解除，將她們的手、腳都綁起來，全部集中在四合院的院子中。

我拜託葉柔的就是這兩件事。

將電子設備沒收，是為了怕虛擬院長從中攪局。

至於第二點——

「只要這麼做了，就算『內奸』真的在這五百人中，那也沒有關係。」

「原來如此……因為若有人輕舉妄動，那麼就會有人發現。」

「唯有身為『族長』的妳可以下這個命令。雖然有些抱歉，但族人們只要忍耐……最多四個小時，不會再多了。」

因為離季雨冬的左手壞死，只剩下四個小時。

「放心吧，不過是忍耐四個小時，比起平常我給她們的訓練可謂小菜一碟。」

「那就拜託妳了。」

「不過這計畫還不夠完善，除了季武哥哥的要求外，我還要對族人再加一道命令。」

「命令？」

「『敢輕舉妄動的人，其他族人可以進行制裁——就算是殺了她也沒關係。』」

「……有必要做到這樣嗎？」

「現在可是關鍵時刻啊，別因為一時的疏忽造成後悔。之前我在率領族人時，也有下過類似的命令，我相信她們都能體諒我的。」

葉柔想出的計策，透出了一股成熟老練，讓我聯想到虛擬院長。

但是與虛擬院長不同，她的命令是建立在對族人的信任上。

雖然幼小又純真，可是該下決斷時絕對不會猶豫。

或許就是有著這樣的一面，葉柔才能當個稱職的族長吧。

「不過，若是『內奸』不是藏在這五百人中，而是藏在島上的其他地方——」

我懂葉柔的意思。我們現在的行動，可以限制家族的五百人，不過若是還有第五百零一、五百零二人藏著，我們還是會有危險。

但是——

「我有辦法解決這個問題。」

「好的。」

可能是從我的話中感受到了什麼，葉柔乾脆的站起身來說道：「五百名族人交給我，至於其他的部分就交給季武哥哥了。」

「沒問題。」

葉柔走出房間，依照我們剛剛所商量的集合族人，對他們下令。

「好的……趁著這段空檔……」

坐在地上的我閉上眼睛，凝聚精神，開啟了「三感共鳴」。

使用病能，我逐步的探查整座島。

五百個「家族」之人現在都在四合院的院子中。

我想確認除了這五百人之外，是否還有其他人躲在「家族之島」內。

「若是知道了這個問題的答案，我想我就能知道『內奸』是誰。」

幾滴汗水從我額上滴落，我伸手將其抹去。

要仔細翻找這座島的表面，會是一件非常消耗精神和時間的事，甚至有可能必須開到「四感共鳴」。但因為五百個人都在這所宅邸前，我並不需要太認真的感知，只要單純的確認有沒有「人類」存在就好。

只要感應人類的生理反應就好。

就像是儀器一樣，我掃描整座島，確認人類的總數量。

約莫過了半個小時，我得到了答案。

「……沒有任何人藏在島中。」

我、葉藏、葉柔、季雨冬在四合院中，至於其餘的五百人則在四合院的院子裡。

這座島的總人數為五百零四人，所有人都在這邊。

除此之外，島上的其他地方，沒有任何活人存在。

「若『內奸』真的存在，那就是在這五百零四人之中……」

把所有不可能的答案去掉，剩下的就是正確答案。

回想一下吧……把所有得知的線索湊在一起……

這座島上有「內奸」。

但是五百個家族之人都說自己不是「內奸」。

「若把這五百位從嫌疑犯的名單中去掉，就只剩下四個人有嫌疑……」

「這個『內奸』混進島中……砍斷了奴婢的左手……」

「這四個人是『我』、『葉柔』、『葉藏』、『季雨冬』……我們之中有動機當內奸的人是誰呢——」

是誰砍斷了季雨冬的左手，將其交給「滅蝶」的？

「直到武大人和姊姊大人得到幸福為止。」

「為了你們……奴婢願意做任何事。」

「我知道『內奸』是誰了……」

過於悲哀的真相，讓我緊握雙拳。

「『內奸』就是雨冬。」

我對著走在身旁的葉柔這麼說道。

「咦？怎麼會？」

聽到真相後，葉柔驚訝的差點跌倒。

此時是晚上十點，離季雨冬的左手壞死還剩一個小時。

在暗夜中，我們一行四人不斷向「中央之山」的山頂攀爬。

我背著少了一隻左手而昏迷不醒的季雨冬，至於看不到的葉柔則拉著我的衣角跟在後頭。葉藏一言不發的走在最前方，像是要逃避葉柔，整段路程中她一句話都沒說，就連眼神都不敢跟葉柔交會。

她平常看起來很可靠，但在關鍵時刻，意外的有些膽小呢。

「季武哥哥，你從『透』中看到的情景，確實是山頂嗎？」

「是的。」

與天空如此近，又能把整座島一覽無遺，不管我怎麼想，都只想得到中央之山的山頂處。

若那裡就是入口……

「『最強電腦』極有可能一直都『藏在中央之山的內部』。」

若是藏在岩石山中的內部，那我的「超感受力」確實是無法察覺的。

「那為什麼……呼、呼——會說雨冬姊姊是『內奸』……」

葉柔的呼吸混亂，雙腳也因為過度疲憊而不斷顫抖。

「在說明之前，還是先關心妳一下吧……妳還好嗎？」

「有點、有點喘不過氣來，不過季武哥哥別在意，要是我不行，就丟下、丟下我吧——嗚啊！」

葉柔華麗的跌倒，整個人陷到了山坡的泥土中。

她的身體就跟我感知到的一樣孱弱，體力也非常差。

明明這麼虛弱，戰鬥起來又是如此無人能擋。

她到底有著怎樣的「病能」啊？

「葉藏。」我叫了身前的葉藏一聲。

「是，主人。」

「背葉柔上山吧。」

聽到我這麼說，葉藏先是顫抖了一下，接著馬上抗議：「可是，主人——」

「這是命令。」

「主人……」

「知恩不報，是武人之恥，妳要違抗我的命令嗎？」

「……是。」葉藏心不甘情不願的背起了葉柔。

葉柔很開心的緊抱著葉藏，露出了天真的笑容。

雖然她們還是一句話都沒說，葉藏也沒有回頭看葉柔一眼。

但我看到葉藏的嘴角似乎微微上揚了一下。

這對姊妹也真是太彆扭了。

不過……這樣也算是踏出了小小的一步吧？

我們四人繼續登山，我在後方看著葉藏和葉柔這對姊妹的背影，不禁想起晴姊和雨冬兩人過去的模樣。

可是……經過五年後，一切都變了。

這輩子，我還看得到這對姊妹彼此相視微笑的模樣嗎？

「嗯……啊……」

此時，重傷的季雨冬在我身後不斷吐著灼熱的氣息，像是很難過的樣子。

「真的是笨蛋……既然這麼痛苦，就別這麼做啊……」我不禁抱怨。

呼吸恢復平穩的葉柔轉頭問道：「雨冬姊姊真的是內奸嗎？」

「是的，若她是內奸的話，那就能符合至今為止的線索了。」

——這座島上一定有內奸。

——五百個家族之人都不是內奸。

「『季雨冬就是內奸』——這是唯一可能的答案。」

「但是，這也太奇怪了吧——」葉柔不可置信地說：「因為若『雨冬姊姊是內奸』，那不就表示、不就表示——」

「雨冬是『自己砍斷左手，再交給滅蝶的』，對吧？」

我加重語氣，肯定了葉柔的推測。

「這的確就是正確答案。」

「這、這——」

「很難相信對吧？」我深深嘆了一口氣：「但這確實是雨冬會做的事。」

「等一下，我不懂……」陷入輕微混亂的葉柔抱著頭說道：「砍下自己的手為的是什麼？這樣做對她有什麼好處？」

「雨冬沒有期望，所以她不會為了她的祈願行動，唯一能讓她行動的只有一件事。那就是當她做這件事，會對我和晴姊有利的時候。

「所以……她是為了『我』才這麼做的。」

「協助『滅蝶』，成為『內奸』，是為了季武哥哥……？」

「是的。」看著身後季雨冬痛苦的表情，我繼續說道：「為了得到『最強電腦』，遍布全世界的『滅蝶』會一直追捕我。雨冬她之所以交出左手，為的是要讓『滅蝶』可以順利達成『占有最強電腦』的目的。」

「幫助他們達成目的，好處是什麼？」

「當然有好處。因為只要『最強電腦』順利被『滅蝶』占有，之後『滅蝶』就沒有追殺我的理由了。」

「季武哥哥仍會因為是病能者而被『滅蝶』追殺吧？」

「但跟現在的情況還是有所落差，因為現在的我是解開『最強電腦』的關鍵，所以直到他們得到『最強電腦』前，不管我藏在哪，他們都會找上門吧。」

為了解除我人生接下來的危機，季雨冬選擇交出自己的左手。

「那為何是選擇『交出左手』呢？僅有左手，並不能開啟『最強電腦』吧？」

「這就是雨冬聰明的地方了，她早就料到『滅蝶』會拿左手威脅我。」

雨冬之前說過的話在我腦中浮現——

「武大人……要小心這個『內奸』……因為……他也想要危害你……」

「她就是希望我被脅迫，協助『滅蝶』開啟『最強電腦』。」

「原來如此，雖然只是交出左手，但其實等於讓『滅蝶』同時湊齊了『季武』和『季雨冬』這兩張牌，得以開啟『最強電腦』。」

若照著季雨冬的劇本走，此時「滅蝶」應該已經得到了「最強電腦」。雖然世界會因此混亂，但我的性命安全就能得到保障。

「只是雨冬沒料到，我竟挺身反抗『滅蝶』了——不，她最大的失算應該是……」

她沒有料到我的憤怒。

傷害季雨冬的「滅蝶」，讓我憤怒到差點失控。

所以我沒有乖乖接受「滅蝶」的條件，而是聯合葉柔和「家族」之人，想要把「內奸」抓出來。

「她沒有料到——」

當我瞭解雨冬的失算在何處時，我感到非常難過。

心中的劇痛幾乎讓我無法承受。

這股劇痛，甚至讓我說話都哽咽了起來——

「她沒有料到……我是多麼重視她……」

我無法原諒傷害雨冬的人。就算是勢力如此龐大的「滅蝶」，我也無法原諒他們。

但完全不把自己看在眼中的雨冬，將自己作踐到了極點，只為了保證我的生命安全。

「——沒有主子會這樣心疼下人的。」

她深信這麼做才是最好的。

她覺得身為主子的我，不該在意她的犧牲和痛苦。

「傻瓜、真的是傻瓜……」

若是有人傷了妳，不管他是誰，我都會願意為妳發怒。

但是……

「若是傷害妳的就是妳自己……那我又該如何是好啊……」

一陣晚風吹過，將我深深的嘆息吹散在夜空。

之後的登山之旅一切順利，並沒有發生什麼特別的事。

五百名族人遵從葉柔的指令，乖乖的待在四合院中。

既然都已經知道「內奸」是誰了，那我想也沒必要防備什麼。但為了保險起見，我還是常駐兩感共鳴。

可能是我的悲傷也傳染給了其他人，葉藏和葉柔也沉著一張臉，一句話都沒說。

就在離季雨冬左手壞死還有半小時前，我們來到了山頂之處。

從這個地方，可以輕鬆地俯瞰整座「家族」之島。

鑲滿夜空的閃亮星星就像要從頭上壓下來似的存在感十足，高山上特有的冷風呼呼作響，讓人不禁因為寒冷而發抖。

我將自己身上的外套脫了下來蓋在季雨冬身上，免得重傷的她因此受寒。

葉藏看到我這麼做後，也默默地將脖子上的紅色圍巾脫下來遞到身後。

葉柔開心的接過圍巾——一同圍住了她自己和葉藏。

在圍巾圍到脖子的那刻，葉藏驚訝地雙眼瞪大，手指也動了一下，似乎是想阻止葉柔的動作。

但是，最後她還是任由葉柔這麼做了。

看著她們這副模樣，我不由得會心一笑。

看來只要假以時日，這對姊妹遲早會冰釋前嫌。

——叮。

此時，一個細微的聲響突然出現。

「葉藏、葉柔，妳們有聽到嗎？」

「聽到什麼？」她們一臉納悶的問道。

「就是一聲『叮』的清脆聲響啊。」

——叮。

「又來了，妳們有聽到嗎？」

面對我的詢問，兩個人都搖了搖頭。

此時，我看到山頂的某塊大石發出了微弱的光芒。

這塊石頭足足有兩層樓這麼高，從石面上發出的光芒也很奇異，不但是七彩的，而且就像水流般不斷流動，每分每秒都在改變。

剛剛聽到的奇異聲響，似乎也是從石塊那邊發出來的。

我指著那塊石頭說道：「妳們有看到那塊發光的石頭嗎？聲音就是從那邊傳出來的。」

聽到我這麼說，葉藏和葉柔臉上的表情益發疑惑，就像是不懂我在說什麼。

不管是聲響還是光芒，她們都沒發現。

莫非——

我關掉身上的「病能」，於是聲音和光芒都消失了。

「原來如此……」

跟刀中的音樂一樣，這是只有「感官共鳴」的人才看得到的訊息。

我走到那塊石頭前方，只見石頭的光芒在我靠近後，緩緩組成了一行字。

「——交出季晴夏的ＤＮＡ。」

「原來如此……」

當看到這句話時，我終於知道為何說要解開「最強電腦」的封印，需要湊齊「季武」和「季雨冬」兩張牌了。

事到如今，我也不可能弄到季晴夏的ＤＮＡ，畢竟我連她在何處都不知道。

但是，只要利用季雨冬，就能順利度過這個難關。

季晴夏和季雨冬是雙胞胎姊妹，所以她們的ＤＮＡ是相同的。

靠我的血啟動刀中的音樂，再用我的「病能」解讀音樂中的留言，最後再用季雨冬的血解開封印。

就在這刻我肯定了——

我一定能搶在「滅蝶」之前找到「最強電腦」！

因為不可能有人先我一步找到這裡，解開這道封印。

我拿了一點季雨冬的血，塗在石面上。

退後幾步，我靜待之後的發展。

「辨識完成，確實是季晴夏的ＤＮＡ。」

石塊發出了連葉藏和葉柔都聽得到的聲音。

——轟轟轟轟。

沉重的聲響響起，足足有兩層樓的石頭就這樣往後退縮，露出了藏在地下的門。

「『最強電腦』的封印——」石塊以威嚴厚實的嗓音道：「——就此解開。」

在我、季雨冬、葉藏、葉柔的面前，通往「最強電腦」的大門，就這樣緩緩開啟。

門打開後，是一道通往地底的長長手扶梯。

我們一行四人坐了上去，一點都不費力的往中央之山的內部前行。

我本來以為會跟古老的尋寶電影一樣，我們必須拿著探照燈，走過長長的土製隧道，途中可能遇到許多猛獸跟陷阱。

但出乎意料的，這裡十分高科技，照明是LED燈，通道則是由乾淨無比的水泥製材所製成。

也不知道是用了什麼技術，漫長無比的手扶梯運轉起來一點聲音都沒有，要是閉上眼，我甚至無法察覺自己正在往山的深處前行。

這裡的氛圍，與其說是在山中，不如說更接近之前在海底深處的「病能者研究院」。

時間不斷的流逝，就在離季雨冬的左手壞死還有四十分鐘時，我背上的季雨冬突然醒轉，發出了有如夢囈般的聲音。

「雨冬，妳醒啦，身體還好嗎？」

「這裡是……？」季雨冬的聲音有些模糊，就像是還有些意識不清。

這也是當然的，大量失血的她，現在還處於高燒狀態。

「我們正往『最強電腦』的所在之處前進。」

「原來……已經到這邊了啊……」

「雨冬。」我無比嚴肅地說：「雖然妳現在身體很虛弱，但我還是要對妳訓話。」

「訓話……？為什麼……？」

「妳做了什麼，我都知道了。」

「…………」

「就算是為了我，也不能這樣傷害自己的身體。妳斬下自己的左手，接著跟『滅蝶』串通成為『內奸』，再怎麼說這也太過了——」

「不是……我……」

「嗯？」

「『內奸』……不是我……」

「……咦？」

——巨大的恐懼在這瞬間罩了上來。

怎麼可能？

我的推論怎麼可能出錯？

這不是唯一有可能的答案嗎？

我感到有些喘不過氣來。因為無法理解，所以自然而然的產生了恐懼。這股恐懼讓我在不自覺的狀態中發動了「病態」探查季雨冬。

我曾發誓過，絕對不對親近之人使用「病態」，雖然此時我處於混亂無比的狀態，但我仍下意識的守著這條底線。

不要過於深入，只要探查季雨冬是不是在說謊就好。

「我……不是『內奸』……」

——**她沒有說謊**。

此時背在我身後的季雨冬，所說的每句話都是實話。

就像是要傳達什麼重要的訊息，意識不清的季雨冬不斷重複這句話。

力氣用盡的她，再度昏迷不醒。

她不是「內奸」。

如果她不是，那就表示，一定有某個「內奸」躲在我們身邊。

這個內奸砍下了季雨冬的左手，藏在「家族」中與「滅蝶」進行私通。

不是家族中的五百人，因為她們都沒說謊。

那就表示——

「內奸」就在我們這四人之中。

我將目光轉向身旁的葉柔和葉藏。

「回答我的問題。」我的聲音中，帶著明顯的敵意，「葉藏、葉柔，妳們是『滅蝶』派來，躲在『家族』中的內奸嗎？」

我們一行四人，我和季雨冬已經從「嫌疑犯」的名單裡去除。

雖然很難以置信，但「內奸」剩下的可能性，就只有葉藏和葉柔兩個人了。

在靜謐無比的手扶梯上，我們互相對望。

聰慧的葉柔可能知道我在想什麼了吧。於是，她以再正經不過的表情回答了我：

「我不是『內奸』。」

「我也不是『內奸』。」

葉藏緊接在葉柔之後回答了我的問題。

……她們兩個也都沒有說謊。

事情又退回到原點——不，應該說演變得更加糟糕了。

因為所有可能性都被封死了。

沒有任何一條路行得通。

在這座島上，一共有五百零四人，但每個人都說自己不是「內奸」。

然而，理應有「內奸」的，要不然季雨冬的左手不會被砍下來，交到「滅蝶」手上。

這無法理解的事實，逼急了我。

「葉柔，告訴我妳的『病能』。」

只有妳的「病能」是我不知道的事情。

若是妳的「病能」可以瞞過我的探查而說謊，那妳就會是「內奸」。

「季武哥哥，我的『病能』只能用在戰鬥中，我可以跟你保證這件事。」

雖然葉柔知道我在懷疑她，但她並沒有不悅，反而拿出最誠懇的語氣向我解釋道：「我身為『內奸』這件事是不可能成立的，若真的要害你們，打從一開始我就不用救你們，也不用率領整個『家族』保護你們。」

「我明白，我都明白……」

我感到一陣暈眩。

此時的葉柔沒有說謊。

不管是用「病能」還是客觀事實看待，她說的事情無疑都是實話。

「那到底、到底——」

這個島上有「內奸」——但是這五百零四人都不是「內奸」。

「——那到底誰是『內奸』啊！」

過於不合理的事實逼迫著我，讓我露出了恐懼的神情。

葉藏和葉柔看著這樣的我，一句話都說不出來。

就在這樣詭譎的氣氛下，手扶梯來到了盡頭——

我們終於抵達了「最強電腦」的所在之處。

「好大……」

葉藏仰頭，嘴中溢出了驚嘆。

我們現在所處的位置，大約是在「中央之山」的中段處。

當手扶梯走到底端後，出現在我們眼前的是一個巨大無比的空間。我粗略用「病能」探查了一下，這個空間大概是「病能者研究院」的五倍大。

季晴夏似乎是把山的腹部整個挖空，然後建造了一個實驗室。

若以剖面圖來看，就是一個巨大的立方體鑲在了山腹之中。

「這是……小型飛機嗎？」葉藏指著一架飛機問道。

「是啊，竟連這種東西都有……」

就像是未來的科幻片般，裡頭充斥著不知是做什麼的儀器和科技。

我唯一能辨識出用途的，就是一些交通工具，例如汽車、直升機、小型飛機這些運輸工具，大概是用來搬運貨物用的吧。

為了瞭解這邊的狀況，我們決定分成兩組勘察這個空間。

葉藏和葉柔一組，我則和季雨冬一組。

不過我在探勘前，先找了一個看起來還算是溫暖的角落。

我將身上的衣服墊在地上，輕輕地把身後的季雨冬放在上頭。

這邊很隱密，就算一時之間有什麼敵人，她也不會被發覺。

缺了一隻左手又發著高燒的她，在睡夢中不斷痛苦呻吟。

看著她不穩至極的睡臉，我以愛憐的動作撥了撥她因為冷汗而溼透的瀏海。

「就算找不出『內奸』也沒關係……」

最重要的是找出「最強電腦」。

只要找到「最強電腦」，就能拿它跟「滅蝶」談判，換回季雨冬的左手。

「等妳醒來後，我有好多話想跟妳說……」

被晴姊摧殘過的妳，再也不敢有期望。

妳深怕有了期望後，就會有失望。

所以妳披上婢女的殼，總是無慾無求的跟在我的身後。

等妳醒來後，我想跟妳說。

只要是妳的期望，我都願意為妳達成。

再也不會讓妳失望了。

我的願望很簡單，我只希望妳能在我面前展現真正的自己。

葉柔的事讓我明白了，就算不是世界和平、拯救全人類的弘大願望也沒關係。只要有了目標，就算那是再小不過的目標，人也能為此拚命努力，做出大事來。

所以……

「拜託妳……」

向我說出妳心中的話。

向我說出妳心中的期望。

脫下身為婢女的面具吧。

只要妳——

「啊啊啊啊啊啊啊——！」

一陣驚呼聲響了起來！打斷了我的思緒。

發動「病能」，我很快地就知道那是葉藏的慘叫聲。

該不會……雨冬的事又要重演了？

感到不安的我，以最快速度跑到了葉藏的所在之處。

「怎麼了？葉藏！」

好在趕到現場後，我沒發現任何敵人，葉藏也沒遭受任何襲擊。

但似乎是看到了什麼驚人的事物，坐倒在地的葉藏以顫抖的手指指向前方，說不出話來。

我順著她的手指往前看——

——無數透明培養槽出現在我眼前。

滿坑滿谷的培養槽填滿了眼前的空間。

每個透明的培養槽中都裝著不明的液體，不知從哪裡來的人類就這樣泡在液體中，而他們的太陽穴處都有一條透明絲線，透過這條透明的絲線，無數的人類被串聯起來。

而在這些培養槽的中央，有著一個螢幕和大大的頭盔。

那個頭盔呈現詭異的半透明狀。

也不知道是什麼製造的，觸感有些溼滑且具有彈性。

「『最強電腦』……」

不管是頭盔還是無數的培養槽，都散發著巨大的存在感。

我幾乎敢肯定，這一定就是「最強電腦」。

我先「滅蝶」一步找到了「最強電腦」，得到了和他們談判的資格。

但是……我一點都開心不起來。

「沒想到……真的是用人類製造而成的……」

看著無數的人類被裝進培養槽中，我感到有些頭暈目眩。

晴姊，妳製造這種東西，到底是想做什麼？

「——一直以來都被憧憬遮蔽雙眼的你，真的瞭解李晴夏嗎？」

虛擬院長曾說過的實話在我腦中響起。

「……閉嘴。」

「——等到你們知道『最強電腦』真面目的那天，你們還能以這樣堅定的眼神注視著我嗎？」

「給我閉嘴啊！」

我藉著大吼驅散虛擬院長的聲音。

晴姊一定有她的理由，她一定有她這麼做的理由。

不管發生什麼事，她都是我的姊姊。

「我相信她……不，應該說我很想相信她……」

如果「病能者」真的是靠這種東西製造出來的，那也就表示，我——

當意識到這點時，我突然感到一陣噁心。

「啊……啊啊……」

不只我如此動搖，就連平常堅強的葉藏，都抱著頭發出了不成聲的嗚咽。

我走到她身邊關心地說：「葉藏，我知道這景象很令人吃驚，但妳冷靜點，這一點都不像妳。」

「主、主人……」葉藏抬起頭來，一臉無助地抓著我的衣角。

「……妳到底怎麼了？」

「因為『臉盲』的關係，我看不清『培養槽』中的人的面孔。」

「那也不重要吧……反正他們都成為『最強電腦』的一部分了。」

「不，那很重要，你仔細看——」她指著透明培養槽，以顫抖不已的聲音說道：「為何裝在裡頭的人，全都穿著『家族』的服裝呢？」

「——咦？」

我仔細看了看透明培養槽。

培養槽裡頭的透明液體不知道是什麼組成，竟會干擾我的病能，使我無法用病能進行詳細的感知。但因為是透明的，所以我還是能看到他們的服飾。

這個也是……那個也是……

所有培養槽中的人，全都穿著「家族」的服飾。

那些人身上布滿刀傷，衣服也都有些破爛。

心中一股寒氣冒了起來。

「莫非……」

我的腦中閃過了一個可能性。

——「最強電腦」的構成，必須使用活著的人類大腦。

——季晴夏需要「八百個人類的大腦」。

——等到你們知道「最強電腦」真面目的那天，你們還能以這樣堅定的眼神注視著我嗎？

「組成『最強電腦』的……正是『家族』中的人？」

我感到喉嚨乾渴，因為過於緊張，就連視野都在這瞬間縮小了。

我知道我正在踏入事件的核心中，正一步步地解開這道恐怖的謎題。

五年前，晴姊來到了這座「家族之島」提出委託。

最終，這委託順利達成了。

只是令人意想不到的是——

達成委託——用來組成「最強電腦」的，竟是「家族之人的大腦」。

「但是……這不可能啊……」

在用「病能」探查過後，我發現了一個恐怖至極的事實。

——這裡總共有八百個培養槽。

「虛擬院長曾說過……」

「——五年前，兩派家族之人展開大戰，造成了無數的死傷，本來總數八百人的『家族』經此一役，人口大減。」

「如果說五年前的總人口是八百，而在培養槽中的『家族』之人也有八百，那不就表示——」

在五年前的那個時刻，所有「家族」之人都被裝進培養槽中，成了「最強電腦」的素材嗎？

脊背越來越涼，就像被塞入了大量的冰塊。

如果五年前，「家族」就已全滅……

那麼，此時在島上的五百人又是從哪裡來的？

Chapter 7 這座島上，真的沒有內奸

無數的腳步聲從身後傳來。

我轉頭一看，只見原本應該待在四合院中的五百名「家族」之人，不知何時來到了我身後。

心情極度動搖的葉藏呆呆地坐在地上毫無反應，我趕緊擋在了她的身前。

五百人排成方陣，處在中央的某個「家族」之人拿著螢幕，螢幕上頭，顯示出了一個模糊至極的身影。

——正是「滅蝶者」。

為什麼家族的人會出現在這邊？

為什麼家族的人會捧著「滅蝶者」的螢幕？

為什麼家族的人會以好像看著敵人的眼神注視我們？

當意識到這些問題後，我總算知道了這個計策的全貌是什麼。

——被擺了一道。

我們徹徹底底的被擺了一道。

「這個島上沒有『內奸』。」

「滅蝶者」以渾厚有力的聲音說出了真相。

「因為從一開始，島上的五百人就是『滅蝶』——假扮成『家族之人』的『滅蝶』。」

「所有人……都是『滅蝶』嗎？」

「是的，除了你們四人之外，其他人都是『滅蝶』。」

「……你們是怎麼找到這邊的？」

「這五百人一直盯著你們，當然知道你們去了哪邊。」

我們讓五百人監視彼此的策略，是建立在「內奸」只有少數人的前提上。

但當所有人都是「滅蝶」，這個計策理所當然的不具意義。

「……從什麼時候開始的？」

「嗯？」

「究竟是從什麼時候開始，整座島的人都被替換成『滅蝶』？」

「從五年前『家族』因為內鬥而毀滅的那刻。」

「……『家族』在五年前，就已經全滅了嗎？」

「是的，八百人全都在那時死去，季晴夏拿走那八百人的屍體，製成了『最強電腦』。」

「不是需要用活的大腦嗎？」

「人就算死亡，大腦依然會活一段時間。」

「所以，從五年前開始，這裡就只有『滅蝶』了嗎？」

「沒錯。」

「難怪……所有人都說她們不是『內奸』。」

「沒有『家族』，那當然就沒有『內奸』。」

「——你是潛伏在『家族』中的『內奸』嗎？」

葉柔曾這麼問道。

那時，五百人都給了否定的答案。

她們確實沒有說謊。

家族早已毀滅，根本就沒有家族這個組織存在，他們也沒派人混進來。

從根本定義上，就不會有內奸存在。

「滅蝶者」呵呵笑道：「『五百零四人都不是內奸』，這是謎團，同時也是解答。」

因為當所有人都是「內奸」後，「內奸」的意義就消失了，也無法稱之為「內奸」。

在她們的認知中，她們都是夥伴，是我們擅自闖入她們之中。

「滅蝶者」繼續說道：「我知道『最強電腦』就在這邊，但我解不開它的封印，也不知道它確切的位置，所以我在五年前派了五百個『滅蝶』之人，假扮成倖存的『家族』之人在這邊生活，打算找機會占有『最強電腦』。不知道真相的葉柔，在四年前回到島上後成為了這些人的『族長』，讓這個偽裝變得更加有說服力。」

「為何……葉柔這四年來都沒發現族中之人已經被替換了？」

「因為葉柔的眼睛是『盲』的，她看不到其他人的臉。」

「可是，總會發現不對勁吧？」

「我不是說過了嗎——『人類是孤獨的，永遠無法瞭解另外一個人。』」

「滅蝶者」露出笑容道：「原本只是為了更好地隱瞞外界，我給了登島的『滅蝶』原本『家族』之人的資料，她們花了很長時間進行模仿和練習，最終竟然瞞過了眼盲的葉柔。」

人類要怎麼才算是真正瞭解另外一個人？

葉柔花了四年疼惜的族人，其實都是敵人。

「你們之所以散布『臉盲』的『病能』，其目的是為了——」

「這樣你們就會誤以為『內奸』混了進來。」

「滅蝶者」露出得意的笑容道：「你們因為提防不知道在哪的『內奸』，於是視野被限縮，當你們陷入這樣的狀況後，就絕對無法察覺到真正的真相。」

散布「臉盲」的意義並不只如此。

葉藏的視力是完好的。

曾在這邊居住過的她，一定會發現「家族」的人都被替換掉的事實。

但是當所有人的臉都被抹消後，葉藏也無法察覺到不對勁。

這個計策花了五年的時間準備，用了五百人和一座島做布局。

一環扣一環的縝密計策，巧妙地利用了人類思考的盲點。

如此讓人畏懼的手腕，讓我想到了一個人。

「原來如此啊……」

要達成這個計策，必須瞭解「家族」所有人的基本資料，而且還得非常熟悉「家族」的運作模式。

只有一個人做得到這件事。

「——這次我站在『滅蝶』那邊。」

「季武，我和『滅蝶者』很熟識。」

又是……同樣的一招。

這些話是實話，但同時也不是實話。

「『滅蝶者』……」

「嗯？」

「妳的真實身分，其實就是虛擬院長吧。」

「呵呵……」

聽到我這麼說後，「滅蝶者」模糊的身影漸漸變得清晰。

拿著木質紙扇，穿著層層和服的嬌小女性從螢幕中輕巧地跳了出來，投影到了我的身前。

正是世界和平的執念——虛擬院長。

「仔細想想，同時和『滅蝶者』出現，還有以男性聲音說話，都是為了誤導我們呢。」

「身為程式，同時出現在兩個地方也沒什麼好奇怪的吧？」

只要有投影設備，虛擬院長就能出現在任何地方。

「之前在『病能者研究院』中用了一次的影像計策，這次轉了形式再用一次啊……」

「這也是沒辦法的事情。」啪的一聲攤開紙扇，虛擬院長露出優雅的笑容，「畢竟我唯一會的技能只有一樣啊——」

「——那就是『用實話說謊』。」

「我早該發現這件事的……」

有很多線索可以證明他們兩人其實是同一人的。

比方說……他們擁有將「病能」單純抽出，和「病能者研究院」中一樣的技術。

回憶至今為止的過程，也會發現「滅蝶」過於瞭解我們的事。

在一開始攻擊我時，就準備好了干擾我知覺的炸彈，要不是知道我的「病能」，他們是無法做出這種應對的。

而且最為明顯的是……

「『滅蝶者』那個為了世界和平而行動的執念，跟妳根本一模一樣……」

「很開心你這麼說，你也是這世上第一個發現『滅蝶者』真面目的人呢。」

「真沒想到，『滅蝶』的領導人就是妳……」

之所以從沒有懷疑「滅蝶者」和「虛擬院長」是同一人，是因為我們一直在尋找「內奸」。

虛擬院長的計策依然完美。

靠著「內奸」的假象。

我們無法注意到全部人其實都是「滅蝶」。

我們無法注意到謎團本身其實就是解答。

我們甚至無法注意到，自己已經走向了虛擬院長想要的結果。

因為——只要我們解開「最強電腦」的封印，其實就等於將這臺電腦送給了「滅蝶」。

「接著的戰鬥，是五百對四。」

虛擬院長搖了搖扇子說道：「季武，投降吧。『最強電腦』是我們的了。」

「還沒完呢——」

「不，一切都已經結束了。」

虛擬院長身邊的一個人站了出來，手中拿著一個木製盒子。

從木盒隙縫中冒出的白色寒氣，讓我知道那是一個冷凍庫。

「這裡頭裝的是季雨冬的左手。」虛擬院長露出勝利的微笑：「你和葉藏只要敢再動任何一步，我就馬上把這隻手毀掉。」

「……」就像被施了定身術般，我動都不敢動。

至於葉藏似乎被各種事情驚呆了，根本無法做出任何反應。

此時，我感到身後有人拿著兩副奇異的手銬朝著我和葉藏靠近，這個手銬的環狀部分像是蝴蝶的翅膀，中央連結處則是一個叉的形狀。在她要將我們上銬時，我起了反抗的念頭，但拿著季雨冬左手的滅蝶稍稍舉了舉手中的木盒，讓我打消了這主意。

「乖乖就範，季武、葉藏。」

「……」

在無可奈何的情況下，我們只好伸出雙手，讓她銬上手銬。

沒關係……不過是一副手銬，只要我發揮「病能」，一下子就能掙脫，這根本就不算是什麼——

「嗚！」

就在手銬銬上的那瞬間——無數雜訊出現在我的腦中！

漆黑的煙霧、刺鼻的氣味、冰冷的觸感、辣椒粉的味道以及讓人煩躁不已的噪音。

這些令人不快的訊息不斷從手銬處灌入我的大腦。就像是中了電腦病毒，我的大腦持續進行著多餘的運算，感到痛苦的我，冷汗很快地就布滿額頭！

為了避免手銬給我的折磨，我下意識地將「感知共鳴」關掉，從手銬中傳來的雜訊也登時消失。

「呼、呼……這手銬……究竟是什麼？」

「這是針對你們『病能』開發出來，專門用來限制『病能者』的『病能手銬』。」

我轉頭一看，只見身旁戴著手銬的葉藏也露出了痛苦至極的神色。

「病能由認知產生，那麼只要知道你們『病能』的詳細狀況，我就能製造針對你們的限制器。季武，你的手銬會在你發動病能時給你多餘的認知，讓你大腦的負擔加重數倍。」

「故意灌入一堆知覺上的垃圾給我，真是惡趣味……」

「當然，若你開到『五感共鳴』，這限制器應該無法對你產生效用。但在抵抗那些雜訊的過程中，想必也會耗費大量體力，就算勉強掙脫，你也無力跟我們戰鬥了吧？」

「……」

不管是「抽取病能」還是「病能手銬」，都是虛擬院長開發出來的東西。「滅蝶」靠著這些事物，成為了足以影響全世界的大組織。

這傢伙，或許真的是個不亞於晴姊的怪物。

站在我面前的虛擬院長露出微笑：「真是諷刺啊，季雨冬自己砍下的左手，本是為了拯救你，此時卻成了限制你的最好枷鎖。」

「雨冬是自己砍下左手交給妳的？」

「是的，為了你未來的安全，她主動將左手砍下來交給我們。」

「……真的嗎？」

「我只會說實話。」

「…………………」

就跟我之前推測的一樣，而這也的確是季雨冬會做的事。

但是……

總覺得……怪怪的。

我好像忽略了什麼重要的事。

但沒等我把腦中出現的模糊想法弄清楚，虛擬院長就緊接著說道：「只要你敢掙脫『病能手銬』，我就馬上將季雨冬的左手毀掉。」

怎麼辦？

被銬上「病能手銬」，季雨冬的左手又被當成人質。

除了這些不利因素外，我們和「滅蝶」間的戰力也是相差甚鉅。

只能期待此時不知躲在哪裡的葉柔了嗎？

但是，心底深處，其實我是不希望她出現的。要是讓她知道她一直以來愛護的族人其實都是敵人，難以想像她會變成怎樣。

「啊啊……」

此時，跪在地上的葉藏突然抱頭大喊。

「啊啊啊啊啊啊啊啊！」

「喂！虛擬院長，葉藏的手銬到底給她灌入了什麼？」

「回憶。」

「什麼？」

「我給她的手銬，會讓她的腦中不斷重播五年前的慘劇。」虛擬院長「啪」的一聲張開扇子，「五年前的事件扭曲了我們家三人，我讓葉藏不斷感受到她那時的無力和絕望。」

「……太過分了。」

為了自己的執念，竟可以做到這種地步……

把自己和過去的回憶都拿來利用，不斷地傷害自己和自己的女兒。

「……母親大人。」此時，葉藏抬起了頭，以無力至極的語氣問道：「『家族』……『家族』已經毀滅了嗎？」

「是的。」虛擬院長闔起扇子道：「打從一開始，妳所深信的東西——就沒有一樣是存在的。」

「我、我只是——」

配合手銬給予的回憶，虛擬院長不斷說出沉重的話語。

「妳的故鄉已經毀滅，妳的母親成了幻影，而妳想保護的葉柔，也早已凌駕於妳，根本不需要妳的保護。」虛擬院長走到葉藏面前，用扇子敲了敲她的肩膀，問道：「妳一直以來，究竟是消滅了什麼罪惡？又是保護了什麼呢？」

「我……什麼都沒做到嗎？」

可能是為了削減葉藏的鬥志，讓她無力反抗，虛擬院長不斷吐出狠毒的話語。

「在妳的無能下，我被扭曲了。」

「啊……」

「在妳的無能下，葉柔雙眼失明，就此踏上了殺人無數的道路。」

「啊啊……」

「在妳的無能下，家族爆發大戰，就此滅亡。」

「啊啊啊…………」

我感受到葉藏的眼神越來越混沌。

「等一下！葉藏，不要再聽了！」

我在她身旁大叫，但她就像沒聽到般，完全沒理會我。

再這樣下去不行──

「季武！不准亂動！你不怕我對季雨冬的左手做什麼嗎？」

虛擬院長的喝止，讓我停止了動作。

因為「病能手銬」的限制，現在的我就跟個普通人一樣，只能無力至極地站在一旁，眼睜睜看著葉藏被虛擬院長的實話粉碎。

「葉藏，事情之所以走到今天這般田地，其實都是妳害的吧？」

「不是這樣的！我只是、只是……」葉藏空洞的眼中流下淚水。

完了！這情況真的不妙！

「一直以來妳都在消滅罪惡，但妳知道嗎──」虛擬院長走到葉藏前，露出殘酷的微笑：「『無能』也是罪惡的一種喔──」

「姊姊才不無能。」

──唰唰唰！

彷彿銀光般的三刀出現，切斷了虛擬院長的影像。

突然出現的葉柔，緩緩地走到了我們面前。

她大腿上的藍色蝴蝶印記，亮出了刺眼的光芒。

光是看到她出現，所有人就不自覺地露出戒備的神色。

畢竟最瞭解葉柔實力的人，就是眼前與她生活四年的這五百人啊。

「我是為了守住姊姊和媽媽能回來的地方，才一直努力至今的。」擋在流淚的葉藏面前，葉柔露出笑容道：「姊姊光是存在，對我來說就有意義。」

「——！」聽到葉柔這麼說，葉藏驚訝的抬起頭來看著她。

就像是為了鼓勵身後的葉藏，葉柔繼續道：「這五年來，我多次感到痛苦和壓力，但只要想到姊姊正在這世界的某處等著我接她回來時，我就會不可思議的冒出勇氣，得到再站起來的力量。」

不過是幾句言語，我就感受到葉藏的心魔被驅除。

露出再溫暖不過的笑容，葉柔滿懷心意的說：「就是因為有了『為了姊姊努力的目標』，所以才有現在這麼了不起的葉柔。」

聽到葉柔這麼說，葉藏低下頭，流出了淚水。

——人不是為了相信什麼而活的，人是為了追求自己想要的目標，才得以一直努力至今的。

真是……了不起的孩子啊。

就連我看了都自嘆不如。

「姊姊是我信念的來源，也是我可以面對妳們這麼多人還不懼怕的原因。」

抽出腰間的刀子，葉柔緩緩道：「『族長』——葉柔在此。」

毫無懼色的面對前方的「滅蝶」，葉柔露出有如孩子般純真的笑容。

「有誰想先上的嗎？」

我和葉藏因為「病能手銬」和季雨冬的左手而無法動彈，所以現在能依靠的只有葉柔。

五百人打一人，滅蝶占據了絕對的優勢。但是面對葉柔，沒有一個「滅蝶」敢動。

一時之間，雙方人馬互相僵持。

「好久不見了，葉柔。」

因為顯示器沒有壞掉，重新出現的虛擬院長搖了搖扇子，打破了這股沉默。

「母親大人，妳好。」葉柔也回應一聲，施了一禮。

沉靜一會兒後，她們同時露出微笑。

隔了五年的時光，這對母女終於見到了面。

「葉柔……妳的母親已經……」我忍不住出言提醒她。

「我知道。」葉柔轉頭對我露出苦笑：「我剛躲在旁邊，已經什麼都聽到了。」

「嗯……」

「母親已經和以前完全不同，而族人也全都是敵人——這些我全都知道了。」

雖然葉柔說這些話時的表情有些苦澀，但她整體散發出來的氛圍並不混亂。

「……知道這些殘酷的真相，妳還好嗎？」我忍不住出言關心。

「怎麼可能沒事。」葉柔搖了搖頭，「坦白說，我非常受打擊，剛剛躲起來沒出現，就是為了平復心情。」

「妳的心情也平復太快了……」

現在看起來就像是完全沒事的樣子。

「那是當然的。」摸著頭上象徵「族長」的羽毛頭飾，葉柔笑道：「就算族人都是假的，我依然是這些人的『族長』。身為族長，就絕對不能在族人面前露出動搖的模樣。」

葉柔展現的覺悟，再度讓此時的我驚訝了一下。

「雖然『家族』在五年前就消失了，但我這個『族長』還在。」葉柔空洞的眼中彷彿閃過一道光，對眼前的五百人說道：「將妳們這些敵人全數鏟除，也是身為『族長』的我該做的事。」

——所有人都退了一步！

被葉柔氣勢震懾的「滅蝶」，同時退了一步。

即使面對的不過是個十四歲的女孩，她們依然露出了恐懼的神情。

「不愧是我的女兒。」虛擬院長點頭讚許。

「母親大人，沒想到五年不見，妳竟然變成這副模樣。」

「會很失望嗎？」

「不會。」葉柔搖了搖頭說道：「某方面可以理解……若是那天晴夏姊姊沒有救我，說不定我也會變成這樣。」

「這句話真是諷刺，因為……毀了我的人也正是季晴夏。」虛擬院長露出苦笑：「五年前，重傷的我醒轉後，看到所有族人死去的屍體，以及駐立在那之中的季晴夏。」

就像是在回憶過往，虛擬院長望向遠處，問道：「你們知道，季晴夏在看到滿地的屍體後說了什麼嗎？」

「……她說什麼？」

「『既然都變成這樣了，那也只好用這八百具屍體製造最強電腦了。』」

「……………」

「沒有愧疚，沒有不安。」虛擬院長闔起扇子，「季晴夏的臉上，有的只是因為找到電腦素材而得到的滿足。」

「晴姊她、她……」

雖然我張開了口，但我完全說不出任何為她辯解的話。

因為心底深處我理解，季晴夏確實有可能露出這樣的表情。

「她究竟是珍惜人類？還是根本不把人類看在眼中？就連這點我都不敢肯定。『家族』的內鬥因她而始，也由她而終，最終所有人都變成了『最強電腦』的一部分。但最讓我不能接受的是，看著季晴夏，我的心中完全沒有憤怒或不甘，充斥在其中的，只有深深的挫敗和恐懼——對一個無法理解的存在所抱有的恐懼感。」

露出有些悲傷的笑容，虛擬院長繼續說道：「於是，我拚了命的想將她抹去，想要將這股恐懼消滅。」

「原來……這就是妳這麼執著她的原因。」

「我想，從目睹她笑容的那一刻開始，我就徹底變成了另一個人，再也無法被拯救了吧。」

被季晴夏嚴重扭曲的人，這邊還有一位。

「葉柔和葉藏……」虛擬院長低下頭，聲音低了下去：「抱歉……妳們的母親這麼沒用。」

聽到她這麼說，葉藏和葉柔同時露出了驚訝的表情。

我想……這大概是虛擬院長身為母親，最初也是最後的道歉吧。

一時之間，沉默瀰漫在所有人之中。

「葉柔……」

「在。」

「雖然我利用了妳，但妳本來不就是為了終有一天讓我和葉藏回來，才拚死守著這個地方嗎？」

「嗯……」

「謝謝妳。」

「——咦？」

「至少現在，我想跟妳說……」

虛擬院長用扇子遮著下半張臉，就像是要掩飾她的表情道：「我回來了。」

聽到她這麼說，葉柔一瞬間呆了一下。

但隨即，她露出了混合欣慰、無奈、難過和開心的表情，回應道：

「歡迎……回來。」

這對母女再度相視而笑。

這一瞬間，她們只是母親和十四歲的小女孩。

但這一刻非常的短暫，下一秒——

葉柔緩緩舉起手上的刀，虛擬院長的表情也漸漸變回冷酷。

季晴夏扭曲了這對母女。

一個已死、一個已盲。

她們的出發點都是為彼此著想，但在命運的捉弄下，此時只能舉刀相向。

「殺了葉柔，所有『滅蝶』之人！」

虛擬院長將手中的扇子揮下。

——唰！

如閃光般的一刀。

在葉柔身前的十位「滅蝶」倒了下去。

這十位的實力絕對不算弱，但這神速的刀法，讓她們連反應都沒有就倒了下去。

「下一位是誰？」葉柔揮了揮刀，「透」發出響亮的破空聲響。

因為揮刀過於俐落，她的刀身連一滴血都沒沾上。

「去死——嗚呃！」

攻上去的「滅蝶」連話都沒說完，喉嚨就被切斷。

此時，有人從懷中掏出了機關槍——但是在她舉起槍前，雙手就先一步被葉柔斬去，落到了地上。

「別拿出這麼危險的東西。」站在她身旁的葉柔，以輕鬆的態度說道。

可能知道各自為政沒用吧，三十個人同時向葉柔發動了進攻，想要以量取勝！

「沒用的。」葉柔以跳舞般的步伐在攻向她的人群中穿梭，每個和她擦身而過的人，都在眨眼間喪失了性命。

沒有人知道她做了什麼，也沒人看得清她揮刀的刀軌。

葉柔經過——所以死掉，這個過程就像是理所當然般，順暢得讓人害怕。

僅僅一分鐘過去，葉柔前方就倒下了五十人，她的身上也沾滿了鮮血。

剩下的四百五十位「滅蝶」團團包圍住葉柔，但誰都不敢往前一步。

一時之間，情況陷入了僵局。

時間一分一秒的流逝，但誰都沒有動作。

不只「滅蝶」，就連葉柔都沒有行動——

咦？

「葉柔。」虛擬院長輕笑說道：「既然妳的實力這麼高強，怎麼不主動進攻呢？」

「……」舉著刀子的葉柔沒有回答。

「我知道原因，因為妳『看不到』，所以妳無法揮刀，對吧？」

「……我要是看不到，又要怎麼戰鬥呢？」

「別逞強了，看了這麼多次，我已經知道妳的『病能』是什麼了。」

此時——

一個「滅蝶」悄悄地從葉柔身後靠近。

就像是跟認識的人打個招呼，她以輕鬆至極的態度拍了拍葉柔的肩膀。

「——咦？」

雖然一點殺傷力都沒有，但這舉動讓葉柔動搖萬分。

「妳『看不到』對吧？」虛擬院長露出了勝利的微笑：「妳看不到剛剛的動作，對吧？」

「我……」

——又一個「滅蝶」輕輕按上了葉柔握著刀的手。

驚嚇的葉柔一個閃身，手上的「透」差點就這樣被奪了下來。

我看傻了眼。

不過在短短的一瞬間，情勢就逆轉了。

「我有注意到一件事——妳在揮刀前，身體是全然放鬆的，完全沒有任何準備，就像是『看不到』一樣。」

聽到她這麼說，葉柔露出「糟糕了」的表情。

「葉柔，妳的疾病源頭，應該是『盲視』，對吧？」

「……曝光了嗎？」

葉柔不再舉著刀，將手放下的她，就像是失去了抵抗的能力。

「『盲視』……」

第一次發現這個病例，是在一次大戰的士兵上。

明明雙眼已經失明了，卻能躲避砲彈。

後來經過研究發現，人類在演化的過程中，發展出了現在的視覺。

但是，其實我們還有一個「備用視覺」。這些士兵就是靠著這個「備用視覺」在躲避轟炸，不過「備用視覺」的功能很差，在演化的途中，逐漸被現在的視覺取而代之。

至於這個「備用視覺」的功能是什麼呢？

那就是——

「葉柔，妳只能看到『足以讓妳致死』的事物，對吧？」

「沒錯。」可能知道偽裝也沒用了，葉柔微笑道：「若是無法讓我致死的事物，我就無法看到。」

原來如此……

所以葉柔剛剛才會被拍到肩膀，就連有人靠近要碰她的手，她都無法反應過來。

「——若是知道我的『病能』，那誰都可以輕易殺了我。」

葉柔曾這麼說過，而這確實是事實。因為只要不帶殺氣的靠近她，或是以和緩的動作攻擊她，本來眼盲的她就無法看見。

「我的『病能』名為『注視致命』，僅能以一層薄膜的狀態蓋在自己身上。」

她身後的兩名「滅蝶」成員，趁她說話時慢慢地靠近——

「葉柔，小心身後！」

就算我這麼說了，葉柔還是一點反應都沒有。

這也是理所當然的，因為她什麼都看不到。

「滅蝶」架住了她的左右雙手。

被控制的葉柔手一鬆，讓「透」落到了地上，發出「鏘」的聲響。

可能是過於輕易得手，那兩名「滅蝶」成員露出了驚訝的表情。

虛擬院長搖了搖扇子道：「妳『神速』的真面目，在於妳處於完全放鬆的狀態，然後在視物的那瞬間，馬上出刀將其斬斷，從極度的放鬆再到極度的緊繃，從零到全力使出的一百，這在武術中叫作『無拍子』。」

這是武術的巔峰狀態。

不管是誰，即使是開啟感官共鳴的我，在和他人戰鬥時，都會讓自己的身體或多或少處於緊繃狀態。

我會有雜念，會有多餘的動作。

但葉柔的「病能」讓她可以全然放鬆，然後在面對攻擊的那刻瞬間反應出手。

從極鬆到極緊，從無意識到有意識。

這股彈性，讓她達到了神速。

也就是說，她無時無刻處於「無拍子」的狀態。

「既然攻略葉柔的方法這麼簡單……為何都沒人發現？」我不禁問道。

「因為她可是率領『家族』的『族長』啊，誰敢與她對戰時不帶殺氣呢？」

原來如此……就連出場時的大排場，都是為了讓葉柔得以發揮病能的前置動作啊。

「而且，為了讓自己可以發動『病能』，葉柔刻意地讓自己的身體非常孱弱，這導致幾乎所有的攻擊，都足以讓她致命。」

「果然……還是贏不過母親大人呢……」葉柔露出了苦澀的笑容。

此時，一名「滅蝶」拿著刀子，緩緩靠近葉柔。

「等一下！不要這樣！」我和葉藏同時大喊！

「季武和葉藏，我說過了！你們若是敢亂動，我就把季雨冬的左手毀了。」

拿著季雨冬左手的「滅蝶」成員，拿出了疑似按鈕的東西。

只要她一按，想必那個木盒就會炸毀吧。

看到這情景，我和葉藏只能憤怒的渾身顫抖，一步都動不了。

該怎麼辦？

有什麼方法可以讓我們度過此刻的絕境？

在我猶豫的那刻，可能是確信了無人能阻礙她，我看到虛擬院長走向了「最強電腦」的螢幕處。

也不知道她做了什麼，「最強電腦」的螢幕和八百個培養槽同時發出了亮光。

我想要阻止她，但拿著季雨冬左手的滅蝶成員一直監視著我。

現在到底該怎麼辦？

阻止虛擬院長？拯救葉柔？拯救季雨冬的左手？

過多的危機同時出現，讓混亂的我只能站在原地。

可是，無情的刀子依然越來越逼近葉柔的腹部——

「嗚……」

葉藏手上的「病能手銬」不斷傳出電流電擊她的身體。

但她仍艱難的踏著步伐，想要前往拯救葉柔。

「不要……傷害我的妹妹……」

在她身上流竄的電流，已經清晰到肉眼可見，照理說應該連站著都很困難，但她仍不斷地舉步向前。

——刀子離葉柔的腹部只剩下十公分。

不行！現在最要緊的，是拯救眼前的葉柔！

我一咬牙，將感官共鳴開了起來，在此同時，病能手銬將大量的知覺垃圾灌入我的腦海。

過於繁瑣的運算，讓我連提升到三感共鳴都是件非常困難的事。

「姊姊、季武哥哥……」

察覺到我們如此難受，葉柔對我們輕輕搖了搖頭，「不用來救我也沒關係的。」

「————！」

我和葉藏同時露出絕望的神情。

體恤我們的葉柔，搶先一步給了一個臺階下。

——沒有關係的。

她給了我們不用救她的藉口。

我真的是……太弱小了。連這種時刻，都必須讓葉柔顧慮我。

我不禁感到歉疚和羞愧。

「——啊啊！」

不同於我，葉藏依然拚盡全力掙扎著。

「啊啊啊啊啊啊啊啊啊！」

她發出大叫想要往前，可是過於強大的電流仍然停止了她的動作。

那個拚命想要拯救自己妹妹的姿態，光是看了就讓人心痛。

「姊姊。」

「……」

「放棄吧。」

「——！」

聽到葉柔這麼說，葉藏可能也知道接著會發生什麼事了，於是，她一向冷淡的臉上，出現了絕望至極的神情。

「已經是最後了……」葉柔露出微笑問道，「妳還是不願意跟我說話嗎？」

「不……」過了五年，葉藏終於開了口，她以有些結巴的語氣說道：「我一直很想……很想跟妳好好說話，但我不知道該跟妳說什麼好……」

「好開心呢，終於跟姊姊說到話了。」

——刀子離葉柔的腹部只剩下五公分。

睽違五年的對話，是多麼的短暫，幾乎什麼都談不了。

但是，葉柔仍露出了幸福至極的表情。

「姊姊……」

「嗯……？」

「我想跟妳道歉……」

「為何……？」

「我本想守著妳回來的地方……」在最後的最後，葉柔露出了符合她年齡的純真笑容：「抱歉，我沒有做到這事。」

——噗的一聲輕響！

一把刀子就這樣貫穿了葉柔的腹部。

腹部噴出了大量的鮮血，「滅蝶」的人鬆開手，讓她往地上倒去——

「葉柔——————！」

時隔五年，葉藏終於叫了葉柔的名字。

只是這聲呼喚，似乎過於撕心裂肺了。

「嗚呃——！」

葉柔身邊的「滅蝶」之人突然發出了慘叫！

雙手捂著脖子的她們，仍無法阻止大量的鮮血從指縫中流出。

「發生……什麼事了？」

只見本該倒下的葉柔右手併攏，用手刀精準地切斷了身後「滅蝶」的動脈！

這個異變太過突如其來，所有人都看傻了眼！

趁著這個瞬間——

「去死吧——！」

葉柔刻意地發出聲音，撿起剛剛掉落到地上的「透」衝進了人群中！

所有人被這突然的發展嚇到，同時舉起刀子展現殺意！

這正中了葉柔的用意，只見她露出淺笑，將刀子從左往右一拉——

——唰！

一個漂亮的圓在她身邊展開，將眾人割倒！

就像開花一樣，圍著她的人在她身邊倒地。

「還有……四百人……」

葉柔並沒有將腹部中的刀子拔出來。

從口中吐出一口血，她再度衝進人群中。

這時一位「滅蝶」緩緩從後方靠近，想要如法炮製剛剛制伏葉柔的方法。但就在她伸出手的那刻，葉柔的刀子就像長了眼睛似的將她的雙手卸掉！

「啊啊啊啊啊——————！」

那個人抱著雙臂發出慘叫，但就連喊叫聲都沒吐盡，她的身體就變成了碎塊。

同樣的方法無法奏效，所有人都陷入了混亂。

趁著這段時間，葉柔再度衝進人群中，把二十人砍倒在地。

「三百八十人……」

葉柔舉起了刀子，再度將目光轉向所有「滅蝶」。

「——全部人都不准動！」

站在「最強電腦」前方的虛擬院長突然下令，制止了「滅蝶」的混亂，同時也停住了葉柔的動作。

一時之間，所有人都像結凍似的靜止不動。

只要看不到足以讓她致命的東西，葉柔就只是個普通的盲人。所以，她只能站在原地一動也不動。

整個空間靜寂無比，只剩下葉柔因為痛楚而加重的呼吸聲。

緊繃的狀況就像即將斷裂的弦，讓人喘不過氣來。

不過才幾十秒，所有人的冷汗就遍布了全身。

此時，可能是受不了這個沉重的壓力。一個「滅蝶」稍稍動了一下——

——唰！

一道銀光馬上將其斬斷！

「嗚啊！」

這個狀況動搖了其他人，只見十個人也動了一動——

唰唰唰唰唰唰唰唰唰唰！

被葉柔看到的她們，瞬間被切成了碎片！

「——所有人都不准動！閉上眼睛！」

虛擬院長的命令，再度將狀況拉回到剛剛那個令人幾乎要窒息的情況。

站立在她們之中的葉柔不斷吐著血，虛弱無比的身子搖搖欲墜。

但是——沒有人敢攻擊這樣的葉柔。

所有人都知道，只要自己敢動，就會瞬間死亡。

「本來看不到的東西……竟然看得見了，剛剛的人明明就沒有殺氣啊？」皺了皺眉頭後，虛擬院長馬上就想到了解答：「原來如此……因為對已經瀕死的妳，『不管是什麼動作，都是致命的』嗎？」

連話都說不出的葉柔露出微笑，算是回應了虛擬院長的話。

「看來剛剛妳是故意被刀子刺傷的……真不愧是我的女兒。」虛擬院長用扇子遮住下半張臉，「但現在我們只要站著不動等妳死掉就好。接著，妳打算怎麼做呢？」

面對虛擬院長讚賞的笑容，葉柔緩緩道：「……只要越接近死亡，我能看到的東西就越多。」

——噗！

鮮血再度噴了出來！

但這次不是從「滅蝶」的身上，而是從葉柔的小腹噴灑而出。

葉柔拔出了插在她腹部中的刀子，將它丟到一旁。

「——只要越弱，我就越強！」

鮮血不斷湧出，為了看得更清楚，葉柔讓自己更靠近死亡！

「各位族人啊，現在的我什麼都看得到。」全身沾滿血的葉柔，環視眾人笑道：「我還是第一次……看到妳們所有人的臉呢。」

「——————！」

聽到她這麼說，在場所有人都露出了百感交集的神情。

「族長……」

此時，有人喃喃叫了這麼一聲。

葉柔對著發聲的人報以微笑，緩緩道：「別在意，妳們只是做自己想做的事而已——咳！」

葉柔咳出了一大口血。

深呼吸一口氣後，她以和緩的語氣繼續道：「我沒有責怪妳們的意思。」

聽到葉柔這麼說，所有「滅蝶」的人都低下了頭。

她們一定沒想到吧，葉柔對她們沒有絲毫怨懟。

看著大家，葉柔繼續說道：「謝謝眾位族人這四年待在我身邊的日子，雖然是謊言，但我很開心有了這段時光。」

「族長……」「族長……」「族長……」

越來越多人喚出了聲音。

所有人都以「族長」之名稱呼葉柔。

就在此時——

沒有任何人下令，也沒有任何人打出暗號。

但就像是早就說好一般，所有人以整齊劃一的動作同時將刀子指向了地上。

這是……

向「族長」進行的敬禮。

即使知道行動可能會喪失生命，但她們還是這麼做了。

「我的族人們啊！謝謝妳們的敬意！」

葉柔以刀直直的指向天空，大聲喊道：「族長的命就在這邊，要的就過來取吧！」

全身染滿血的葉柔衝進了人群中，大腿處的蝴蝶印記發出刺眼的光，就像是在進行最後的燃燒。

即使「滅蝶」的人不動，葉柔也看得見她們。

因為「滅蝶」光是存在於該處，就足以讓葉柔致命。

現在的葉柔，可以看到所有事物。

「還剩三百名——」

葉柔一邊計數一邊將眼前的人砍倒。

「用戰術A！」

隨著虛擬院長的指令，「滅蝶」改變了隊型。她們分成了兩組，一組圍著葉柔繼續進攻；另一組則拉開了距離，拿出了槍枝進行射擊！

一時之間，子彈和刀光從四面八方包圍了葉柔——

「『靜之勢』。」

葉柔突然停止不動，將刀子收入腰間。

她身邊的空氣變得沉重。聚精會神的她，用刀子將所有攻擊彈開！

彈開的子彈，就像是長了眼睛似的，貫穿了身後的「滅蝶」！

「還有……兩百八十人。」

葉柔面露痛苦之色，血不斷的從她傷口淌出。

此時——

某個倒在地上的「滅蝶」，拚盡最後一口氣抓住了葉柔。

這個突如其來的意外，讓葉柔的身形一頓！

「戰術B！」

虛擬院長將扇子揮下！

遠處的「滅蝶」毫不留情的打出了子彈。

這次的子彈走向非常殘忍，竟直接貫穿葉柔身前的「滅蝶」打向了葉柔。

若是雙腳被纏住，葉柔是無法完全沉靜地使用「靜之勢」的。

雖然失去了防禦的手段，但葉柔毫不驚慌。

雙手握住劍的中段處，她深吸了一口氣——

「『動之勢』。」

就像是在舞劍，葉柔揮舞著手上幾乎沒有重量的「透」，在身前織出了一片刀網。

因為過於快速，沒有人看得清楚葉柔雙手的動作，她的手肘以下就像是消失似的，完全融入了空氣中。

接著，更奇異的事情發生了——

所有子彈在經過她身前的「透明」時徹底消失，連一點痕跡都沒留下來。

這個斬擊的高速，竟讓子彈變成了徹底的碎末！

葉柔將空白的雙眼轉向抓著她腳的「滅蝶」——

身前的「透明」瞬間籠罩住她，就像變魔術般，她的頭、肩膀、身體、雙手、雙腳依序消失，什麼殘渣都沒留下。

「天啊……」

其他人看到這恐怖的景象，或多或少產生了動搖。

抓準這一瞬間，維持著「動之勢」的葉柔吐出剛剛吸進口中的氣。

——答！

她腳踏地，以幾近看不到的速度穿過了前方的人！

就像被她身前的「透明」吞噬，本來遭到團團包圍的葉柔打出了一個缺口！

「還有……兩百人——噗哈！」

葉柔吐出一大口血，跪倒在地。

體力消耗過鉅的她，將「透」拄在地上，勉強維持上半身的挺直。

不知道是不是使用「動之勢」的副作用，葉柔的手臂滿是烏青。

看到她這副模樣，「滅蝶」又組織了一波攻勢。

咬著牙，葉柔將來犯的敵人全都砍死，但動作失去敏捷的她雙手中彈，再也握不住刀。

「透」就這樣緩緩從她手中落下——

看準這個時機，十個「滅蝶」同時撲上，無數子彈配合她們的攻勢，也往葉柔身上招呼過去！

「啊啊啊啊啊啊啊啊啊啊啊——————！」

葉柔用牙齒咬住刀子一個迴身，將所有人的頭砍了下來！

不過已經無力抵抗子彈的她全身上下不斷中彈，脫力地「砰」的一聲倒了下去，刀也從嘴中滑落。

「還有……一百七十人……」

即使已經變成這樣，葉柔的計數仍沒有停止。

即使已經滿身血汙、全身也都破破爛爛，但葉柔空白的雙眼中仍然注視著眼前的敵人。

「不要打了！不要再打了！」

葉藏大喊，但葉柔只是露出虛弱的微笑，沒有理會她。

她掙扎著起身，以正座的姿勢坐在地上。

「受的傷越多，離死亡越近……我看得就越清楚……」

即使全身已經被血染紅了，葉柔仍露出從容的表情對「滅蝶」說道：「還有誰……要來讓我變得更強？」

葉柔的聲音雖然很輕，所有人聽到後卻都露出懼色，同時往後退了一步！

「主人！」渾身都是電流的葉藏求助地看著我，「要是再這樣繼續下去，葉柔會死的！」

「我知道……我已經在想辦法了！」

我拚命處理腦中的雜訊！但該說不愧是虛擬院長設計的手銬嗎？要提升到五感共鳴的時間比我預期得還多。

「葉柔！不要再打了！」在我身旁的葉藏大喊：「到底是為了什麼！妳根本就不用這麼拚命啊！」

「我要……保護姊姊。」

「不要了！我不要這種保護！」

「姊姊……人不是為了相信什麼而活著的……」葉柔露出溫柔的笑容：「人是為了某個目標，才得以一直努力至今的——我早就決定好了，我要保護妳。」

「————！」

聽到葉柔這麼說，葉藏露出了想哭的表情。

本來想要保護的對象，現在竟已成長到足以站在我們身前，想必葉藏的心情一定很複雜吧。

將目光轉向前方的「滅蝶」，葉柔大喊道：「誰都不敢上嗎？我雙手雙腳都已經無法使用囉！」

儘管四肢都已失去功能，但依然沒有人敢靠近坐在地上的葉柔。

此時，某位「滅蝶」大著膽子走了上去，想要抓住葉柔的肩膀——

葉柔的身軀一帶一扭！

就像被她牽引，那個「滅蝶」在空中轉了三百六十度，「砰」的一聲倒在了地上！

「咳——！」葉柔再度吐出一口血。

我可以感受到，她的面色越來越白，體溫也越來越低。

葉柔的生命已經走到了盡頭。

這真的是慘烈到幾乎讓人不敢看的戰鬥。

「還有……一百六十九人……」

但是，葉柔仍不斷計數。

「只要再一百六十九人……姊姊就得救了……」

她空白的瞳孔，緊緊盯著眼前的「滅蝶」，這股氣勢再度逼退了她們。

再也沒有人敢上了，所有人都舉起槍圍著她，靜待她的生命消滅——

「咳——！」

葉柔再度咳出血——

所有人都以為是這樣。

但是，這次有所不同。

三顆子彈從葉柔的嘴中噴射而出，在空中劃出響亮的破空聲響！

不管是計數還是多次的咳血都是布局！

葉柔製造的假象，讓我們所有人都以為她是想把這裡所有人都殺光。

但其實——

「交給你了，季武哥哥……」

這才是真正的殺著！

葉柔不知何時將打向她的子彈含在口中，趁此時吐了出來！

兩顆子彈奔向我和葉藏，「鏘」的一聲將我們手上的病能手銬射斷！

至於第三顆子彈，則朝拿著季雨冬左手的「滅蝶」之人奔去！

「啊啊啊啊啊啊啊——！」

所有人都料想不到的攻擊打進了「滅蝶」的眼中，讓她發出了慘叫。

雖然只有一瞬間，但這瞬間的空檔已經足夠了！

「三感共鳴！」

掙脫束縛的我衝上前去，以乾淨俐落的手段將那人殺掉，把木盒奪了過來！

失去手銬的限制，又奪取了木盒，我和葉藏終於得到真正意義上的自由。

「葉藏，將葉柔保護起來！」

早在我下達命令之前，按捺不住的葉藏就已經展開了行動，所有「滅蝶」也打算阻止她——

「別忘了我啊！」

我衝進混亂的人群中亂殺一通，進行牽制。

在兩方的突擊下，葉藏總算展開「靜之勢」保護住了葉柔。

「嘖……」

直到跟「滅蝶」交手後，我才發覺這些人個個實力高強，比想像中棘手許多。

雖然沒有葉藏和葉柔這麼熟練，但她們會使用「家族」的刀術，也會用現代的武器和戰術。

葉柔憑借一己之力殺了三百多人，真的是怪物。

一個迴旋踢逼開她們，我決定不再跟她們糾纏！

因為現在的我還有更重要的事要做。

我衝入葉藏的「靜之勢」內！

「葉藏，保護好我們！」

「是！主人，拚死我都會保護你們！」

葉柔已經沒有呼吸了。

失血過多的她岌岌可危，要是再不幫她治療，就會馬上死去。

雖然現在不是浪費體力的時候，但是——

「四感共鳴！」

我決定救下葉柔！

時間過了多久？

我不知道，照常理來說，應該只有一瞬間。

但現在就算是零點幾秒，我都覺得像是一年這麼久。

在葉藏的「靜之勢」中，我解開葉柔的衣服，專心地動著手術。把所有的雜念和外頭發生的慌亂都隔絕在意識外，我將全部的精神擺在葉柔身上。

若是少接了一條肌肉、少縫了一個傷口，都有可能讓葉柔就此死去，她的傷勢就是這麼嚴重。

除了要跟時間賽跑外，我還必須注意不能浪費太多精神。因為在手術結束後，我還必須跟剩下的「滅蝶」對抗。

還有希望。

我們還沒陷入絕境！

本來我以為對抗五百人是不可能的，但是葉柔給了我們希望。只要我和葉藏聯手，對抗剩下的人是完全辦得到的事，至少也能帶著雨冬和葉柔從這邊逃出。

「手術……完成了。」

但葉柔的呼吸和心跳仍然沒有恢復……

我吻上她的脣，對她的胸口進行按摩！

「回來……快回來……」

妳還沒跟葉藏言歸於好吧？

「回來啊……」

我想看妳和葉藏一同嬉戲的模樣。

我想看妳和葉藏快樂相處的情景。

既然是姊妹，就不要彼此傷害啊。

我再也不要看到有人因為晴姊而得到悲慘的下場了！

所以——

「——回來吧！」

隨著我的呼喊，葉柔總算是恢復了呼吸。

「呼、呼……」疲憊至極的我坐倒在地，喘著粗息。

雖然暫時脫離險境，但葉柔之後還是必須經過全方位的治療。

有些疲累的我強打精神，站起身來面對前方。此時，我才發現……整個世界變得無比安靜。

滅蝶沒有再攻擊，而葉藏也已解除了「靜之勢」。

所有人的目光，都朝向了某處。

順著大家的視線，我看到了——

「一切都已經結束了。」

「最強電腦」的螢幕中，現出了虛擬院長的身影。

八百個透明培養槽中的人都發出了閃亮的光芒！

攤開扇子，虛擬院長露出愉悅的笑容。

「解析已完成，『最強電腦』從這刻起就屬於『滅蝶』了。」

仔細想想，虛擬院長從某個時刻開始，就再也沒說過話了。

不管是季雨冬的左手還是這五百人，其實都是她拖時間的棋子。

她一直在偷偷分析這臺「最強電腦」，想要占領它。

還來得及嗎？要是現在開啟「五感共鳴」，瞬間把所有透明培養槽都砸壞——

「別輕舉妄動喔，季武。」看穿我意圖的虛擬院長說道：「若你把體力耗盡，就不能幫季雨冬治傷了吧？」

「…………」虛擬院長說得對，就連這點都被她料想到了嗎？

「這個『最強電腦』真是太棒了！我可以完全主導這間實驗室和家族之島的一切！」

虛擬院長將扇子攤開，此時，敏感的我感受到這個實驗室的入口似乎封了起來。

「妳做了什麼？」

「我再度封住了入口，將原本進入的機關從『季晴夏的ＤＮＡ』改成只要是人類——就算是季晴夏也不能再踏入這邊！」

「……妳就這麼害怕晴姊嗎？」

「是啊！我害怕！但我已經拿到了電腦裡頭的資料，從今天起，我終於可以成為和她並駕齊驅的存在了！」

總是喜怒不形於色的虛擬院長，難得地在此時露出了開心至極的笑容。

「妳到底……想拿那臺電腦做什麼？」

「我會做什麼？這還用問嗎？」

虛擬院長露出詭異的笑容說道：「我要讓這世界真正的和平！」

一個進度條出現在她的上方，不斷地從0往100前進。

我的心中起了不妙的預感。

「那個是什麼？」

「你猜猜看？」

——百分之五十。

「別用問題回答我！那是什麼？」

「我將病能者的製造方法傳到了各國。」

「……什麼？」

「我將病能者的製造法，散布到了世界各地。」

——百分之七十。

「只要這份資料傳出去，全世界就都能製造病能者了。」

「妳到底在想什麼！妳的願望不是世界和平嗎？若是病能者的數量變多，整個世界都會變得危險吧！」

「人們越懼怕病能者，那麼他們就會越依賴『滅蝶』吧？」虛擬院長以扇子遮住下半張臉，「只要如此，那『滅蝶』就能藉這個混亂壯大勢力。若是哪天『滅蝶』統一了世界，我就能讓我想要的世界和平降臨在這世上。」

先是讓世界產生更多病能者，接著再打著正義的大旗，將這些病能者都消滅。

「瘋了……真的瘋了……」我緊握雙拳大喊：「這樣會死很多人！會產生很多紛爭啊！而且——」

「而且和平會降臨！」

虛擬院長以充滿執念的雙眼說道：「我會用我打造和統領的世界，讓這世界變得和平！」

——百分之百。

我眼睜睜看著進度條跑到滿，什麼事都無法做。

看著眼前那絕望的景象，我不由自主地跪倒在地，雙手抱頭。

再也來不及了。

一旦這些資料傳到各國手中，接下來的數年，想必各國會競相製造病能者，準備可能發生的第三次世界大戰吧。

爭鬥將永無止歇，接著等待人類的……唯有地獄。

——轟！

遠處傳來了低鳴聲，打斷了我的思考。

整座島產生巨大無比的搖晃，就像是遇到了強烈的地震。

「妳又做了什麼！」

「既然我都已經得到裡頭的資料了，那就再也不需要這座島和這臺電腦了。」

「該不會——」

「沒錯。」虛擬院長「啪」的一聲攤開扇子道：「我要讓這座島沉入海中。」

「妳要殺了這邊所有人嗎？」

「不是我殺了她們，而是她們為了世界和平而犧牲——」

——砰！

隨著虛擬院長語音一落，剩餘的一百多名「滅蝶」毫無預警的同時倒了下去。

從她們的嘴中，不斷地吐出「死亡錯覺」。

不只如此，就連剛剛被葉柔斬死的屍體，也冒出了這股不祥的氣息。

在五百人同時擴散病能的狀況下，這股死之氣息很快地就瀰漫整個空間。

「妳竟然……把『死亡錯覺』這麼危險的病能封在這些人的體內？」

這真是太殘忍了。

「這是最後的殺手鐧，本來我是想等萬不得已時才使用的，但現在就是關鍵時刻。」

虛擬院長呵呵笑道：「我要傾盡全力阻止任何人來挽回這局面，只要這股死之氣息填滿實驗室，就算是季晴夏也無法再踏入這裡吧？」

「妳這怪物……」

「不，真正的怪物是季晴夏——創造了這臺電腦和病能者技術的她。」

「但她不會為了自己的目的把這麼多人——」說到此處，我的話再度卡住。

八百名家族之人製成的電腦就在我面前。

我的認知真的是正確的嗎？

「季武，你自己也很清楚吧。」虛擬院長微笑道：「她會讓這世界陷入恐懼，而你被憧憬迷惑了雙眼，從沒有看清她真實的模樣。」

「我、我……」我一直都……不瞭解晴姊嗎？

「不管是誰都找不到她和『莊周』，不管是誰都無法與她匹敵。但是從今天起，或許我能找到她，或許我就能與她對抗！」

「啪」的一聲張開扇子，虛擬院長欣喜道：「除了季晴夏外，我將成為這個世界最有力量的存在。」

——沙！

一條雜訊出現在螢幕中。

「我本想直接把這間實驗室和『最強電腦』給毀掉，但『最強電腦』不讓我這麼做。不過沒關係，接著我要把這臺『最強電腦』永久關掉，不讓任何人使用。」

——沙沙！

越來越多黑色的雜訊遍布螢幕。

虛擬院長後方的透明培養槽發出了一瞬間的光亮後，漸漸暗了下去。

「再半個小時，這座島就會完全毀滅！」

逐漸崩裂的島、無法使用的「最強電腦」、逐漸擴散的死亡氣息。

就算要求助，也沒有任何人可以進來這個空間拯救我們。

「這次，你們還活得下來嗎？」

露出優雅的笑容，虛擬院長在最後，對我說了那句曾在「病能者研究院」說過的臺詞：

「若你們運氣好，從這絕境中生還，那我還會再出現在你們面前的。」

DANGER! DANGER! DANGER!

葉柔

病能

注視致命

病能領域

僅能以一層薄膜狀態蓋住自身

疾病源頭

盲視（Blindsight）

盲視是一種非常罕見的疾病，其發生的原因其實是大腦損傷（感受視覺部分的皮層受傷導致），而非葉柔在文中的雙眼受傷。但為了小說情節安排方便，請各位見諒。

盲視患者在感受視覺的大腦部分是損壞的，所以他們理應看不到——事實上他們也會說他們看不到，但當詢問他們眼前有什麼時，他們又能說出眼前好像有什麼，而且正確率高得不像話。

在深談這種疾病前，我們先談談蜥蜴吧。

蜥蜴的視覺很特異，牠對「不動的東西」或是牠「舌頭不能及的東西」毫不在意；牠只會對「會動的東西」有反應，簡言之就是——牠的視覺純粹是為了生存而存在的。因為不會動的東西不會對牠有危險，也通常不會是食物。

人類原本的視覺也跟蜥蜴類似，我們只能看到和自己生存有關的事物。在經過長久的演化後，視覺的功能越來越多，我們可以看到光、看到顏色……可以開始看電影和欣賞畫作等等。

但原先那個古老的、未演化的視覺仍在，盲視的患者，據說就是啟用了這個備用的、人類早已不用的系統，所以才達到這種「好像看得到又好像看不到」的奇異狀態。

DANGER! DANGER! DANGER!

Chapter 8

第五百零五位在這座島上的人

——轟！

島上到處都傳來爆炸聲響。

——轟轟！

那陣劇烈至極的搖晃，就像是要把整座島搖裂後再將其下沉。

「往右方跑！」聽到我的指令，我們轉而向右，在透明培養槽間不斷奔跑。

在虛擬院長消失後，我趕回去把原先藏好的季雨冬背了起來。

因為狀況緊急，我無法幫她把左手接回去。

「死亡錯覺」逐漸充滿這間實驗室，雖然這邊和「病能者研究院」相比是五倍大，但這次汙染源共有五百具。

擴散的速度遠比當時快多了。

背著葉柔的葉藏以及背著季雨冬的我，只能不斷地朝還沒被汙染的區域前進。

「主人，現在我們該怎麼辦？」在我身旁的葉藏大聲問道。

「剛剛進來時，我們不是有看到一些交通工具嗎？我記得裡頭有直升機，就用那個！」

「怎麼用？這裡可是在山腹中啊！就算有直升機，我們也飛不出去！」

「在這麼巨大的搖晃和爆炸中，這座山也無法倖免，現在只能賭了，賭那些爆炸或搖晃會讓這座山產生裂痕或是破口！」

「若是在那之前，『死亡錯覺』就充滿這間實驗室呢？或是還沒開出裂痕，這座島就沉了下去呢？」

「也沒有其他法子了！」

我自己也知道這很不現實，就算真的運氣好，山被島的崩壞開出了一個洞口，那也就表示這座山即將崩坍，不但會有無數碎石，而且能出去的時間也只會有一瞬間。

不管從哪個方面思考，生存機率都是小得可憐！

但我真的想不出其他辦法了啊！

「往左！」

「死亡錯覺」突然從右邊包了過來，我趕緊叫出聲，吃驚的葉藏趕緊往左踏了一步。

無色無味的汙染持續擴散，沒有超感受力的葉藏只能聽從我的指示行動。

雖然很吃力，但沒問題，接著只要維持這個步調——

突然，我身後的季雨冬拉了我一下。

「怎麼了？雨冬。」

面對我的詢問，季雨冬沒有回答，她用手指了指我們身旁的一個透明培養槽。

「我現在沒空——」

即使我這麼說了，但她仍拚命指著培養槽，就像是希望我看它一眼。

無可奈何的我，只好順著她指引的方向一看——

「這是……什麼？」

可能是因為「最強電腦」關閉的關係，此時我已能夠使用病能探查培養槽的內部狀況。

當看到眼前的事物後——

我震驚無比地猛然停下腳步！

身後的葉藏來不及反應，撞到了我的背後。

「主、主人……怎麼了？」

「這到底……到底是什麼？」

我將臉抵在眼前的透明培養槽，簡直不敢相信自己的眼睛。

今天發生了許許多多讓我吃驚的事，不管是最強電腦的真面目、虛擬院長的計策，還是所有家族都是滅蝶的事……每件都讓我驚訝萬分。

但不管是哪件事，都比不上我眼前看到的這個人啊！

「主人？你到底怎麼了？」葉藏擔心地搖晃著我的身體。

「妳看不到嗎……那個透明培養槽中裝著誰？」

「現在『臉盲』的病能還在，我看不到她的臉。這人穿著家族的衣服，不就是五年前死掉的族人嗎？主人為何要這麼驚訝？」

「不對，她不是五年前死掉的家族之人——」

我的病能讓我可以看到她的臉龐，讓我可以清楚的知道她是誰。

裝在透明培養槽的人閉著眼睛，就像是睡著一般。

而那個人，就是——

——少了一隻左手、穿著家族服飾的季雨冬。

「——這怎麼可能！」我身旁的葉藏大喊。

這的確是不可能的事。

因為……如果她就是季雨冬。

那一直以來——

我背在身後的「季雨冬」，又是誰呢？

「呵呵……」

我身後的「季雨冬」笑出了聲音。

我轉頭一看，只見她露出大大的笑容，就像是非常開心似的。

看著她的表情，恐懼不由自主地出現在我心中。

因為無法理解，所以感到懼怕。

這個「季雨冬」，究竟是誰？

——季雨冬主動將左手砍下來交給我們。

就在我的腦袋因為吃驚而一片空白時，虛擬院長曾說過的話浮現在我腦中。

「——為了你未來的安全，她主動將左手砍下來交給我們。」

虛擬院長不會說謊。

「之所以說這個島上沒有內奸，是因為『家族』早已消失，所以『針對家族』的內奸並不存在。」

我身後的「季雨冬」緩緩開口。

「但是，『針對季武一行人的內奸』，確實是存在的。」

身後的「季雨冬」說得是對的。

因為季雨冬砍下了左手，主動交給「滅蝶」，對於「我們」來說，季雨冬毫無疑問的是內奸。

「——『內奸』……不是我……」

可是，當進來這所實驗室時，在我背上的「季雨冬」卻這麼說了。

若她是真正的季雨冬，她不可能說出這句話。因為她若是這麼說，就會被我偵測出她在說謊。

也就是說，從那一刻開始，季雨冬就不是季雨冬了。

她被替換成了另一個人。

「——我……不是『內奸』。」

仔細想想，那時的「季雨冬」，自稱詞是「我」而不是「奴婢」啊！

「我懂了……」

只有一個人可以扮演季雨冬。

只有一個人擁有和她相同的面貌和身材。

「晴姊……」我喃喃道：「晴姊，是妳吧？」

「正確答案，小武。」

我背後的「季雨冬」從我身上跳了下來。

她解開髮髻，甩了甩一頭黑色亂髮。

用僅存的右手扠著腰的季晴夏，露出了再自信不過的笑容說道：「你終於發現真正的『內奸』是誰了。」

——砰！

一塊大石頭從天空落下，砸在了我們身旁。

死亡錯覺逐漸地擴散，幾乎就要籠罩住我們。

但我仍一步都沒動。

當季晴夏出現的那刻，我就只能看著她，再也無法移動。

雖然外表一如往常，但是我不自覺地感到害怕。

她……真的是我認識的晴姊嗎？

「……從什麼時候開始的？」我問道。

「嗯？」

「從什麼時候開始，我身旁的雨冬就替換成了晴姊？」

「嗯……應該是在你們開宴會時。」

「妳事前藏在『最強電腦』的實驗室中，是嗎？」

「當你在五百零四人中都沒感應到任何『內奸』時，就該想到有第五百零五人的存在。」季晴夏哈哈大笑：「那麼，唯一能出入這間實驗室的我，就是在搞鬼的人。」

「沒錯……」

事情是這樣的。

季晴夏先藏在實驗室中，然後趁著我們都在開宴會時悄悄跟季雨冬互換。

季雨冬被換到了這裡來，而季晴夏則假裝成季雨冬，躺在我身邊。

「那麼……妳究竟是為了什麼這麼做的？」

「為了瞞過虛擬院長的認知。」季晴夏露出得意的笑容：「自始至終，她都沒察覺到我就在她的眼皮下。就算她封閉了入口、散布了死亡錯覺，對我做了這麼多防範，我還是可以安然的來到這間實驗室中，完全不被她發現。」

「但是……這座島上全都是滅蝶，在妳進出實驗室時，難道就沒有任何一個滅蝶發現鼎鼎大名的季晴夏嗎？」

「小武，你忘了嗎？」季晴夏指了指自己的臉，「整個島上都充斥著『臉盲』的病能啊，所有人的臉都是空白一片，那怎麼可能有人認得出我來呢。」

原來如此……這樣就算她大大方方的在路上走，也不會被發現。

「除了認知上的盲點，妳也利用了『臉盲』的病能……」

「是的，而且當所有人的臉都消失後，我跟雨冬互換這件事，被發現的可能性就會降到極低。」

到頭來，虛擬院長的妙計反而害了她自己。她所散布的臉盲，雖然讓我們無法察覺到「所有人都是滅蝶」的真相，卻也讓她無法察覺季晴夏就在她身邊。

季晴夏利用了虛擬院長的計策，狠狠地將了她一軍。

此時，季晴夏走到了「最強電腦」的螢幕前，將那個古怪的透明頭盔戴了起來。

只見所有透明培養槽頓時發光，螢幕也亮了起來。

「『最強電腦』……不是再也打不開了嗎？」

「我可是季晴夏啊。」季晴夏露出自信的笑容說道：「身為這臺電腦的製造者，當然知道一點虛擬院長不知道的技巧。」

閉上眼，季晴夏靠著想法操控最強電腦。

也不知道她是怎麼弄的，只見瀰漫在實驗室中的死亡錯覺彷彿原本就不存在似的就此消失。

雖然眼前的危機暫時解除了，但從不時傳來的聲響和搖動可以知道，島的崩塌仍然在進行。

「這臺電腦……真的是晴姊製造的嗎？」

「是的，五年前，我確實用了『家族』毀滅的八百具屍體，製造了這臺電腦。」

「……妳也率領了『莊周』，在外頭殺了數萬人嗎？」

「是的。」

晴姊她……沒有說謊。

但她臉上的表情，一點罪惡感和愧疚感都沒有。

「──若是哪天站在你面前的是十惡不赦的我，你也有辦法相信我嗎？」

「……我還有最後一個問題想問晴姊。」

「嗯。」

「為什麼季雨冬……要把自己的手砍下來？」

「為什麼問這個問題呢？」

「躲在『臉盲』的病能中，晴姊跟雨冬互換是個看似非常高明的計策，可是這個計畫，有個非常大的『破綻』。」此時的我，隱隱約約察覺了季雨冬這麼做的原因。

於是我的雙拳，不自覺地緊握起來。

「『臉盲』抹消的僅僅是『臉』，除了『臉』以外，其他地方都是正常的。」

全世界的人都知道，季晴夏少了一隻左手，僅存右手。

「『雙手完整』的季雨冬和『少了一隻左手』的季晴夏，根本就不可能互換，所以、所以——」

「——為了你們……奴婢願意做任何事。」

「——為了完成妳的計策，妳要求季雨冬把自己的左手砍下來，交給滅蝶！」

這才是真正的真相。

為了讓季晴夏藉著「臉盲」藏匿在我們身邊，她要求季雨冬自己砍下左手。

因為這樣，她們的身形就能一模一樣了。

「正確答案。」季晴夏露出笑容道：「為了我的計畫，我要求她砍下了自己的左手。」

——啪！

一聲響亮無比的聲音響起。

連我都不敢相信我這麼做了。

我狠狠地打了我所敬仰的季晴夏一個巴掌！

季晴夏捂著自己通紅的臉，低著頭一臉震驚。

「我曾說過……不管發生什麼事，妳永遠是我的姊姊。」

因為過於激動，我全身不斷的顫抖，聲音也沙啞了起來。

「就算妳製造了『最強電腦』、就算妳率領『莊周』殺了數萬人……我依然相信妳可能有妳的理由。但是——」

——砰！

「就是因為把妳當成姊姊，我才不能原諒妳這麼對待雨冬！」

為了發洩這股幾乎要讓我發狂的憤怒，我一拳打破了眼前的透明培養槽，將裡頭的季雨冬拉了出來。

「她可是妳的妹妹啊！妳把她當作什麼了！」

倒在我懷中的季雨冬緩緩醒轉，不斷咳嗽。

看著她遍體鱗傷的模樣，我使盡全力對季晴夏怒吼：

「混帳東西！她被妳傷害得還不夠深嗎？」

「呵呵……」

低著頭的季晴夏先是笑了笑，接著——

「啊哈哈哈哈——————！」

她越笑越大聲、越笑越大聲。抬起頭大笑的她，面容帶著些許狂氣。

「有什麼好笑的！」

「錯的人是我嗎？錯的人是連這種命令都會聽從的雨冬吧？」

「妳……妳竟敢說這種話！」

就是因為被妳害得不敢有期望，所以她只好扮演一個會滿足妳我願望的婢女啊！

季晴夏單手扠著腰，露出了一如既往的笑容說道：「就是因為我是姊姊，我才滿足妹妹自我犧牲的願望。」

「就是因為妳是姊姊，妳才不該滿足妹妹自我犧牲的願望！」

「小武，你根本不瞭解我。」

「我是妳的弟弟，我和妳相處了五年！」

「人類是孤獨的，誰都無法真正瞭解誰。我的計策建立在『臉盲』的基礎上，但不受影響的你，是唯一有可能發現真相的人，可是你也沒有認出我來，不是嗎？」

季晴夏不知從哪抽出了一襲她常穿的白袍，「啪」的一聲抖動白袍後披上，「一直以來，你都沒有看清楚我是誰。」

「妳是我的姊姊——我和雨冬的姊姊。」

「不，我只是假扮成你們姊姊的人形怪物。」季晴夏露出微笑：「證據就是，我為了自己的計策，即使犧牲自己的妹妹也在所不惜。」

——乒的一聲大響！

所有透明培養槽發出了光亮，裡頭的八百人竟打破透明玻璃跑了出來！

「小武，你知道為什麼全世界都找不到『莊周』在哪裡嗎？」

季晴夏右手大張，那八百人同時向她身後聚集。

「該不會、該不會——」

此時浮現在我腦中的驚異真相，讓我驚訝到連原本的怒氣都消失了。

「就是你想得那樣。」

季晴夏露出了專屬於她的笑容說道：

「他們一直藏在『最強電腦』中。」

「等一下！這不對啊！」

我抱著頭大喊：「『最強電腦』裡頭，裝的不是五年前的家族屍體嗎？」

「本來確實是如此沒錯，但為了藏起『莊周』，我將原本在裡頭的屍體拉了出來，替換成了『莊周』的人。」

——建構最強電腦的素材，是活著的人類大腦。

「活著的……人類大腦……」

看著動搖至極的我，季晴夏笑道：「『最強電腦』的素材是活人的大腦。那麼，直接用活著的人也可以吧？」

「這、這……」

——季晴夏的力量，來自於「無法理解」。

在此時，我終於體會到其他人說的，對於「季晴夏」所產生的恐懼。

虛擬院長說得對——但是也不完全正確。

季晴夏的力量，不是源自於無法理解。而是她的理解，總是高於一般人數個層次。

她是真正的天才，也是真正的怪物。

「可是，裡頭的人被替換後，為何『滅蝶』和虛擬院長沒有發現——」

「因為『臉盲』啊。」季晴夏哈哈大笑道：「若是臉都一片空白，那只要讓培養槽中的『莊周』換上『家族』的服裝，那就誰都認不出來了吧？」

「天啊……又是『臉盲』……」

利用虛擬院長的計策，竟可以做到這種地步。

「而且，為了怕小武發現培養槽中藏著雨冬，裡頭裝的液體會在『最強電腦』啟動時干擾你的病能，不讓你探測其中的事物。」

「連這點妳都想到了……」

仔細一看，八百名「莊周」有男有女，並非全然都是女人，但他們穿著家族的服飾，投入到足以干涉我的不明液體中，竟瞞過了我的病能。

我本以為這就是盡頭了，但沒想到，季晴夏的計策還沒結束。

她緩緩開口說道：「小武，你知道我為何要這麼千方百計的藏起自己和『莊周』嗎？」

「……為什麼？」

「因為只要這麼做了，那麼之後——

「全世界就再也找不到我們了。」

「咦……？」

「我在前面所做的一切都是布局，這些布局造成了怎樣的假象呢？」季晴夏露出自信的笑容，將她的計畫全貌說了出來：「在『滅蝶』和虛擬院長的認知中，這座島、這個實驗室——『莊周』和『季晴夏』從沒有來過。」

「我懂了……」我懂季晴夏想要做什麼了。

「我會用『最強電腦』操控這間實驗室，讓它在海中穩穩存在；我會將『莊周』的所有人藏在這間實驗室中，讓所有人都無法察覺。」

一切的行動，都是為了此刻。

在虛擬院長的認知中，這裡已經毀滅、沉入海中。

不可能有人想得到——

「我們竟然藏身在他們自己親手毀掉的地方。」

這就是季晴夏的計策。

命令季雨冬砍下左手後協助「滅蝶」。

這個行動，讓季晴夏得以藏身在我們身邊觀察整體發展，同時也讓「滅蝶」的人誤以為他們順利達成了目標。

但其實靠著臉盲，季晴夏和「莊周」一直藏在他們身邊。

只要瞞過一次後，「滅蝶」就再也找不到他們。

因為在虛擬院長的認知中，她親手確認了這裡沒有敵人，也親手毀了這地方。

這座島，已經從他們的認知中割除。

也是利用這點，季晴夏把這座島變成了「整個世界的盲點」。

「虛擬院長說得對……」

我本以為院長是怪物，但我現在知道了，就連她都無法和季晴夏比擬。

「可是……妳這計畫，會讓虛擬院長把製造病能者的技術洩漏給各國——」

「病能者變多，不只對『滅蝶』有利，我們『莊周』要壯大也會變得容易許多。」

表面上看來「滅蝶」和「莊周」是對等的，但其實「莊周」占據了絕對的優勢。

因為……沒有人知道「莊周」在這裡。

他們可以躲在這個盲點中，盡情的做他們想要做的事。

這個計畫的計算之精、城府之深，讓人驚懼無比。

這就是……真正的季晴夏。

我確實從來不曾理解她。

「現在只要殺了你們，我就能完成我的計畫。」

「妳說什麼……？晴姊。」

季晴夏的嘴中，吐出了我認為一輩子都不會從她嘴中聽到的話。

「我說，我要殺了你們。」

季晴夏的笑容和以往一樣，但此時的她多了一絲冷酷。

——喀哩。

此時，我感到心中的某處就像是崩壞一般，傳出了異響。

「總不能讓你們逃出去，洩漏『莊周』的所在地吧？」

「晴姊……真的要殺了我們？」

「是的。」

——喀哩喀哩。

心中的異響越來越大。

一直以來，不管其他人多害怕，我都不曾害怕過季晴夏。

因為她總是疼惜著我和季雨冬。

不管何時，她都站在我們這邊。

但是——

為了自己的計畫，她打算殺了我們所有人。

為了自己的計畫，她命令季雨冬砍下自己的左手。

——喀哩喀哩喀哩喀哩喀哩喀哩喀哩喀哩喀哩喀哩喀哩喀哩喀哩喀哩。

這是我心中的季晴夏崩壞的聲音。

這是我一直以來相信的事物崩裂的聲音。

「啊啊……」

我抱著頭，跪倒在地。

在此時，我嘗到了虛擬院長那時所感受到的絕望。

「啊啊啊啊啊啊——」

一直以來相信和憧憬的事物毀壞，原來是如此令人痛心的事。

這股絕望，似乎要讓我再也振作不起來。

「所有『莊周』聽令——」季晴夏用右手向前一指說道：「殺了季武一行人。」

八百名病能者撲了上來，但萬念俱灰的我什麼都沒做。

就這樣死去……似乎也不錯。

我不用再看到我不認識的季晴夏，不用再承受她所帶給我的失望。

閉上眼睛，我等待死亡降臨。

「——等一下！」

此時，一個人突然從我的身後衝了出來，擋在我身前。

八百名敵人暫時停下了腳步。

因為擋在他們面前的，是季晴夏的雙胞胎妹妹——季雨冬。

失血過多的季雨冬身子有些搖晃，但她仍向季晴夏懇求道：「姊姊大人，若是可以，把奴婢抓走當成人質就好。只要這麼做，武大人他們就不敢洩漏『莊周在這邊』的祕密。」

「就算小武不會說，但他身邊的葉藏和葉柔呢？」

「武大人會盯著她們——」

「沒人敢保證，唯一可以保守這祕密的方法，就是殺了你們所有人。」

「姊姊大人，拜託……」

季雨冬「撲通」一聲跪倒，頭伏地哀求道：「就算殺了奴婢也沒關係，但請妳饒了武大人一命。」

「這是妳的『期望』嗎？雨冬。」

「奴婢不會期望……這是哀求。」

「妳說過會一輩子聽從我的命令吧。」

「是的……不管姊姊大人下了什麼命令，奴婢都願意聽從，所以拜託妳——」

「那麼，妳殺了小武。」

「——咦？」

「殺了季武，這是我的命令。」季晴夏冷酷地說：「妳不是說妳什麼都會聽從嗎？」

「我、我——不對，奴婢——」

「妳辦不到，對吧？」

「拜託姊姊大人不要下這命令……」兩串淚珠從季雨冬眼中滑落，她跪在地上不斷哀求：「拜託妳……不要這樣……」

那個身姿，讓人看了心痛。

一時之間，所有人都沉默了下來。

整個實驗室中，僅剩石塊掉落的聲音和大火燃燒的劈啪聲響。

但是，季晴夏仍沒有放過她。

她深深嘆了一口氣後道：「既然辦不到，就不要說自己沒有期望。」

「……拜託姊姊大人。」

「已經結束了。」背轉身去，季晴夏就像再也不願看到季雨冬似的輕輕地說：「我和妳之間，已經沒有什麼好說的了。」

聽到季晴夏這麼說，季雨冬的臉上浮現絕望。

恍若無法承受這個打擊，她身子一軟，往側邊倒了下去。

「『莊周』，不要讓我再下第二次命令。」背轉身的季晴夏提高了聲音大喊：「——給我殺了季武一行人！」

八百人再度衝了上來！所有人身上的蝴蝶印記都發出光芒！

他們圍住季雨冬，要把倒在地上的她碎屍萬段——

在這瞬間，不知為何，所有人的行動在我眼中都變得像是慢動作一般。

無數的想法自我腦中浮現。

在季晴夏已經崩毀的現在，我的身前已經沒有可以相信的事物了。

放棄思考的我，本想就這樣被季晴夏殺死的。

但是——

看到季雨冬即將被傷害，我仍然不由自主地站了起來，擋在季雨冬面前保護她。

「四感共鳴！」

我一拳打向地板！就像被炸彈炸開，一個大洞出現，無數的碎片飛舞。

我的攻擊，暫時逼退了那八百人一步！

「葉藏，過來！」

「是！主人！」

「暫時保護住我們！」

發動「靜之勢」，拚死進行防守的葉藏，暫時拖住了敵人。

「雨冬，妳沒事吧！」我抱起了地上的季雨冬，向她問道。

「抱歉，武大人……奴婢什麼忙都幫不上……」

懷中的季雨冬，對我露出了無比愧疚的神情。

「沒關係。」那種犧牲自己的做法，我也不希望妳再做了。

「武大人……拋下奴婢逃出去吧。」

「辦不到。」

「拜託……」

「那是妳的『期望』嗎？若這是妳的期望，那我就會照做。」

「身為婢女，奴婢沒有任何期望……」

「那妳為什麼不遵從晴姊的命令殺了我？」

「……」

「只要是人類，就會有期望，妳之所以不這麼做，是因為妳『不想這麼做』！」

我抱著她的雙臂一緊。

「——這也是一種期望啊！」

「可是、可是我——」右手緊絞著我的衣服，季雨冬哽咽道：「我不敢……期望啊。」

那是哀傷至極的聲音，光是聽見就可以感受到她曾因為失望受了多少傷害。

「主人，我快撐不住了！」

葉藏似乎在我身前大喊，但我沒有聽清。

專心看著季雨冬的雙眼，我問道：「妳認為只要有期望，就會有失望？」

「嗯……」

「那如果我跟妳說，從今以後，妳再也不會失望了呢。」

「……咦？」

「只要是妳的期望，我都會傾盡全力為妳實現。」我對她說出了我一直想說的話：「我再也不會讓妳被失望所傷害了。」

「——！」

聽到我這麼說，季雨冬的雙眼因為驚訝而瞪大。

「所以——告訴我妳的期望吧。」

對她露出和季晴夏一般自信的笑容，我說道：「讓我用行動向妳證明，妳可以擁有不會失望的期望。」

——無數的淚珠從季雨冬眼中滾落。

將頭埋進我的懷中，她悄聲說道：「我想……」

這五年來，第一次的——

季雨冬第一次對我說出了她的期望。

「我想要活下去——和這邊的人一起。」

「收到——」

推開身前幾乎要力竭的葉藏，我站到了八百位病能者面前。

「交給我吧。」

打不贏。

我知道我打不贏。

一個人打八百個病能者，怎麼想都不可能有勝算。

然而現在的我，覺得自己什麼事都辦得到。

葉柔，妳說得對。

就算失去了憧憬的事物又如何。

「人不是靠相信什麼才活下去的。」

就算失去了相信的事物，我依然能站在你們身前。

就像葉柔為了葉藏努力至今，我也要為了季雨冬的期望保護妳們！

我閉上雙眼，深吸一口氣——

「——五感共鳴！」

那個七彩的感官世界再度出現。
世界的所有事物都混合在了一起。
若是將知覺共鳴開啟到最大，我有自信不會輸給任何人。
就算同時面對八百人，我也有勝過他們的可能。
但五感共鳴對我的負擔實在太大，只要開啟十秒，我就會因為大腦過度運算而死亡。
可是……
我找到了屬於我的方法。
只要一瞬間。
只要能讓我在一瞬間理解我想理解的事物就夠了。
一直以來我能做的就只有這件事。
——理解他人，站在他人身旁。
「四感共鳴——咳！」
我將五感共鳴關掉，同時吐出了一大口血。
雖然開啟不過一秒，但我面部的所有感官依然淌出了些許鮮血。
面對眼前的八百人，我緩緩閉上了雙眼。
「哈哈……這就是傳說中的五感共鳴嗎？」
我身前的一個短髮女性露出鬆了一口氣的表情說道：「什麼都沒發生，根本就沒什麼了不起的——咦？」

在她還沒說完話前，她的頭就掉了下來。

「什麼？」

過於快速的過程，讓所有人都看傻了眼。

「這不是……這不是葉柔的『盲視』嗎？」

在我身後遍體鱗傷的葉藏驚道。

她說得沒錯，但還不只如此——

我將頭抬了起來，面對眼前的「莊周」。

感到害怕的「莊周」面對我，同時退了一步——

「沒用的。」

——在這瞬間，距離這個概念消失了。

就算他們不斷後退，站著不動的我依然在他們身前。

——這是葉藏的「愛麗絲夢遊仙境症候群」。

不管他們怎麼拚命倒退，我們之間的距離依然沒變。

在彷彿暫停的時間中，我緩步穿過他們身旁。

十顆人頭被我硬化的右手砍落，什麼聲音都沒發出來。

這是「盲視」加「萬物扭曲」的組合技。

「還有七百九十人。」

閉著雙眼的我開始計數。

「別太囂張啊啊啊啊啊啊！」

十個「莊周」撲了上來！

他們身上的蝴蝶印記都閃閃發亮，但不管是什麼病能，都無法越過這招——

「『靜之勢』。」

我正座在地上發動「靜之勢」，所有人都被我的領域阻擋了一瞬間。

發動感知，看準他們要落地的位置，我發動「動之勢」將他們所有人絞碎。

——這是我、葉藏和葉柔之間的組合技。

「還有七百八十人。」

在剛剛五感共鳴的瞬間，我理解了身旁的葉藏和葉柔，拷貝了她們的病能。

不過，並不是誰我都能拷貝。

我必須對他這個人和他的病能有一定的熟諳度。

我已多次看過葉藏和葉柔使用能力，也不少次用病能探查過她們的身體，所以我才能在一瞬間複製她們的病能。

然而……

這招比想像中還要有負擔。

雖然身體還勉強撐得住，但可能是過度運算的關係，我感到腦中多處裂開，不斷冒出鮮血來。

必須速戰速決。

靠「超感受力」理解敵人的動作，操作自己的身體。

防守靠「靜之勢」，進攻靠「動之勢」，若是被包圍就用「萬物扭曲」拉開距離，要是真的閃不開的攻擊，就用「盲視」閃開致命傷。

「好厲害……」

不知是誰吐出了這樣的感言。

但是她錯了，真正厲害的不是我。

我只是理解了身旁的人，然後借用她們的力量。

要是沒有葉藏的守護，我無法保存那麼多體力。

要是沒有葉柔的拚命戰鬥，我也無法站在這邊。

要不是季雨冬終於向我提出了請求，我也不會發現真正重要的事物是什麼。

「嗚──」

某樣液體流入眼中，視野逐漸變得模糊。

我本來以為是汗水，但一片血紅的視線讓我知道那其實是鮮血。

不只如此，鼻腔和口腔中充斥著鐵鏽的味道，我的血似乎也不斷從那兩個地方湧出。

頭好痛、身體好痛、四肢好痛！

但是我仍持續殺著敵人！

「人不是靠相信什麼才活下去的！」

我吐出一大口血，大聲喊道：「人是因為想保護什麼──所以才不想死的！」

只要想要保護什麼，那不管再絕望，你都會有再站起來的勇氣。

我要保護她們！保護所有我想守護的人！

——轟！

我可以感受到島的崩裂已經來到了盡頭。

無盡的大火圍繞著我們，大量的海水也灌到了實驗室中。

「還有——六百五十人！」

只要稍稍一鬆懈，身上就會多一道傷口。

不斷消耗的體力，讓我的動作和拷貝越來越不精準。

我可以感受到，在旁看著我拚死戰鬥的季雨冬不斷流著淚，但我仍沒有停止動作。

「結束了。」

不知道是誰這麼說。

這時我才發現，在不知不覺間，我已被所有人包圍。

「發動『病能領域』。」

所有人同聲說道。

——大量的異常認知湧入我的腦中。

強迫症、妄想症、失認症、他人的手——

我眼前的世界不斷扭曲，出現無數的雜訊和不可理解的事物。

要是繼續維持這狀態，也不用等他們來殺我，光是異常認知就能毀了我的大腦。

我深吸一口氣——

「五感共鳴！」

在這一瞬間，我藉著開到最大的感知共鳴，確認自己並沒有罹患異常疾病。

——無數的鮮血從眼睛、鼻子、嘴巴、耳朵湧出。

「我要……我要保護大家啊啊啊啊啊！」

實驗室在此刻四分五裂。

時間已經不夠我拯救大家出去了。

但此時我已沒有餘力去發現這麼簡單的事。

已經到極限了。

我的體力到了界限，已經再也無法戰鬥。

但是——

我還有一個看過許多次的病能可以拷貝。

只要用了這個——

「發動……『病能』。」

發動那個至今為止看過最多次的危險病能。

科塔爾式妄想——「死亡錯覺」。

使用五感共鳴，我拚上所有力量，展開了足以吞沒所有人的「病能領域」。

——「空白」一瞬間填滿了整間實驗室！

所有人事物都變成了一片空白，停止了動作。

將自己化作死亡的象徵，我以沒人來得及反應的速度散布死亡認知。

以最後一絲理智控制這股死亡，我努力不讓季雨冬一行人被感染。

雖然生存希望很小，但這樣她們就可以在實驗室崩壞後，想辦法從中逃出。

「空白」逐漸填滿我的腦袋，讓我完全無法思考。

我知道……只要用了這個拷貝，我就沒救了。

因為感染死亡最深的，就是開啟五感共鳴的我。

「武大人！」季雨冬似乎不斷呼喚著我，我想露出微笑回應她——但我不知道有沒有成功。

謝謝妳，雨冬。謝謝妳願意對我展露妳的期望，我不會讓妳失望的。

交給我吧——

我會拯救妳們所有人。

努力延伸病能，我繼續將這股「空白」擴大，將整間實驗室塗染得更加透明。

隨著實驗室越來越白，我也感到自己變得越來越虛無。

這股「空白」不斷從我的腦袋向下蔓延，逐漸淹沒了我的身體、雙手、雙腳——

葉柔的臉從我面前消失。

葉藏的臉從我面前消失。

季雨冬的臉從我的認知中消失。

就連自己要注視什麼，保護什麼，我都感受不到。

就跟這個世界一樣，我化為了一片空白。

——就在下個瞬間。

整個實驗室崩裂！

沖進來的落石和海水將所有人吞沒！

終章

「小武，這次你真的太亂來了。」

這是個空白又廣大無比的空間。

「你可能不知道這是哪裡，這裡是意識的世界，我正使用『最強電腦』和你對話。」

在幾近消失的意識中，我的眼前出現了一個人。

但是被死亡錯覺關住的我，認不出她是誰。

滿頭亂髮的她穿著白大袍，用僅存的右手扠著腰。

「放心吧，葉藏剛剛拚死帶著你們所有人游出去了，最後結果就是，你們所有人都得救了。雖然嚴格來說……也不是所有人都沒事啦。」

她指了指我的胸口，說道：「雖然我已經盡力幫你清除了，但用五感共鳴將死亡錯覺深植心中的你，就連我都無法完全治癒。之後的日子，你會留下一些後遺症，但既然你救了雨冬，這點代價想必你不會在意吧。」

她站在我面前，露出了陽光般的笑容：「這次，或許是我最後一次以季晴夏的身分和你說話了。因為醒來後，你不會記得我曾跟你說過話。雖然一點意義都沒有……但就當作是自我滿足，在這邊，我想向你傾吐一切真相。」

雖然我什麼都無法思考。

可是我總覺得……

眼前的人雖然臉上帶著笑容，卻好像很悲傷似的。

她走到我身前，輕輕擁住了我。

「藏在人類腦中的恐懼炸彈已經爆發，這個爆發是有時間落差的，有不少人因為腦中的『恐懼炸彈』爆發，成為了『恐懼人類』。就像是喪屍電影一般，這股恐懼不斷傳染，讓這些人所處的城市中，發生了人類自殺和自相殘殺的現象。」

「為了不讓這些『恐懼人類』逃出去，擴散這股汙染，我將被恐懼汙染的城市給鏟除，一個活人都不留。要是不做得這麼徹底，也不用等所有人類腦中的『恐懼炸彈』爆發，世界就會提早滅亡。這些日子，我一直反覆做著這工作，不知不覺間，我殺了上萬人。」

「雖然感到難過，但為了拯救人類，這是必要之惡。」

「總要……總要有人去做這些事，對吧？」

我感到抱著我的手緊了一緊。

「為了讓你和雨冬能生活的和平世界到來，我必須先去拯救一下人類，不讓他們滅亡。」

究竟是誰呢……

究竟是誰這麼幸福，能讓這個女性即使背負這麼大的罪惡也想要疼惜呢？

「其實……剛剛我也不想殺了你們的。」

「但是我知道，若不做到這個地步，我無法破除雨冬的心魔。」

「我已經成為世界的敵人，若是雨冬仍盲目追求我，她會有危險。終有一天，她會做出比砍斷自己左手更過分的事。」

「不只是她，我希望你也是。」

「我想藉由今天的事，徹底地斬除你們對我的眷戀和追逐。」

「從今天起，我知道你們會把我視為敵人。」

「這樣也好，當你們成為我的敵人，你們就不會被像『滅蝶』之類的組織追殺了。」

那為何呢……

為何妳的表情，一點都不像是沒關係的樣子。

「你知道嗎，小武……我最後悔的事是什麼？」

「那就是——」

「我無法像小武一樣站在他人身旁理解他人。」

「所以……我只能選擇用『傷害你們』的方式拯救你們。」

「我自認這是對你們最好的方式，但我根本沒有站在你們的立場為你們設想。」

「到頭來，我還是無法理解普通人的想法。」

抱著我的女性露出寂寞無比的神情。

「你們……一定很恨我吧？」

「終有一天，你們會發現我製造『病能者』的理由，你們會知道我設計了多麼殘忍的計畫。與其那時被你們怨恨，讓你們因為一時衝動做出什麼事，我寧願在這時主動採取行動。我想在我可以控制的事態發展範圍內，讓你們徹底怨恨我。」

「這次……真的要說再見了，小武。」

「我不能再當你和雨冬的姊姊了。」

「——武大人。」

隱隱約約的，我似乎聽到有人在叫我。

「——武大人，不要死！」

不斷傳來的呼喚，漸漸地讓原本空白的世界染上了色彩。

「別忘了我跟你的約定啊，小武。」

眼前的女性離開我身邊，向我微笑道：

「我保護不了的人，就靠你來替我保護了。」

她往後退開，和我拉開了距離。她的身影，逐漸融入身後的空白背景中。

「對了，最後，我還有一件事想跟你道謝——」

在這最後的最後，她露出了讓我感到懷念無比的笑容。

「謝謝你因為我砍了雨冬的左手，而打了我一巴掌。」

她語氣頓了頓。

「——因為，這表示你把我視為姊姊而生氣。」

空白的空間逐漸消失，連帶的把眼前的人吞噬掉。

「永別了——小武。」

「武大人！」

不斷的有人叫著我。

隨著她的呼喚，我的意識逐漸變得清明。

剛剛……似乎有人跟我說了很多話？

但我怎麼一句話都想不起來。

「武大人！不要死！」

幾滴彷彿珍珠似的水滴落到我的臉上。

「你不是跟奴婢約定好了嗎？絕對不會讓奴婢再失望了！」

是的……我不會再讓妳失望了。

「奴婢不要你死！奴婢不要武大人離開我！」

模糊的意識中，似乎看見了一張哭臉。

「武大人不是想知道『毫無遮掩的季雨冬』是什麼樣子嗎？奴婢告訴武大人，奴婢希望能永遠和你在一起！」

一股輕柔的溫暖環繞住我的身體。

就在這刻，季雨冬緊緊擁住了我。

「所以，待在我身邊——

「——這是現在的季雨冬，心中最大的期望！」

「既然這是妳的期望……我就會為妳達成。」

張開眼睛的我，顫抖著伸出手來，摸了摸季雨冬的臉龐。

「我知道了……」

「…………………」

就像看到了什麼令人吃驚的事物。

季雨冬愣愣地看著醒轉的我，什麼話都說不出來。

當確認我沒有死後，她嘴一癟，眼淚再度奪眶而出。

「武大人————！」

她撲了上來，緊緊抱住了我。

我露出微笑，輕拍著她的背。

我們現在所處的地方，是不知何處的沙灘。

遠處可以看見倒在沙灘上的葉藏和葉柔，雖然她們一副筋疲力盡的樣子，但性命看起來都是無虞的。

每一次度過危機，都是從沙灘上醒來，我們和沙灘還真是有緣。

感受著吹拂到臉上的海風，我低下頭，向懷中的她問道：「雨冬……」

「嗯？」

露出微笑，我輕拍著她的頭，「這次……我沒有讓妳失望吧？」

「嗯！當然！」

季雨冬大大的點了點頭。

「那麼，之後，妳會向我提出更多期望嗎？」

「雖然奴婢不太習慣做這件事，但奴婢會盡力的。」

「沒關係……慢慢來就好。」

重要的是妳願意這麼做。

終有一天，妳會脫掉婢女的面具，在我身邊展露出真正的模樣吧。

我期待那天的到來。

「武大人。」

「嗯？」

「現在的我……是季雨冬。」

「……」

「雖然脫下一直以來依賴的事物讓我有些害怕，但是現在的我，似乎能以季雨冬的身分向你說些話。」

以帶著淚水的面容，她對我露出了「季雨冬」的笑靨。

「我想跟你說，能成為你的婢女——

「是我目前的人生中，唯一沒有失望過的事。」

終章之後

那天之後……

季雨冬的左手不知道是被動過什麼手腳，即使過了二十四小時依然沒有壞死。我在恢復體力後，動了手術將她的左手接上。

雨冬和我的關係自那天後更進一步，她不再抓著婢女的面具不放，偶爾會流露出真面目，至於葉藏和葉柔之間的感情也慢慢的好了起來。

遺憾，雖然我們的關係有所改善，世界卻變得更糟了。

各國得知病能者的製造方法後，開始拚命生產，無數病能者就像雨後春筍般不斷出現。

有關病能者的犯罪案件數節節攀高，可是相關的制度和法律並不完整，所以敵視病能者的普通人越來越多，雙方的對立也越來越嚴重。

至於想要殺了我們的季晴夏和「莊周」，從家族之島崩毀那天起就消失了；「滅蝶」則與之相反，在國際間的聲勢越來越高。

國與國之間不時爆發小規模的戰爭，而且多數都有投入病能者當作武器。

大家都知道，第三次世界大戰發生是遲早的事。

現在，只不過是缺了一個契機……

只要有一個事件點燃這個契機，這個火種就會引爆。

雖然世界的形勢確實需要擔心，但此時的我有著更切身的問題亟需解決。

——那就是我會不定時的死亡。

以「五感共鳴」使出死亡錯覺後，我留下了深刻的副作用。

這股死亡深植在我的大腦中，怎樣都無法拔除。

於是，我會無預警的陷入「死亡狀態」。

一旦進入這樣的狀況，我身為人類的生命跡象就會停止，記憶也會無法留存。

有時一醒來，周遭都是不認識的人，就連環境也有可能是全然陌生的。

隨著時間過去，我記憶的缺痕越來越多，不安全感也逐漸在我心中堆積。

終於在某天，這個不穩至極的狀況讓我——讓我——讓我——

我睜開眼，發現身處於中古歐洲的城堡內。

「嗚……」

我試著回想失去意識前的狀況，但什麼都想不起來。我不記得自己是怎麼來的，也不記得是為了什麼而來的。要是勉強自己回憶，頭腦深處就會隱隱作疼。

這個異常狀況本應讓我不安，但此時在我的面前，有著對我露出關心神情的葉藏和葉柔，使我感到安心許多。

看著醒轉的我，她們同時開口——

「哥哥，你沒事吧？」

——哥哥。

她們這麼叫我。

一股違和感從心底浮現，我不禁開口問道：

「哥哥？妳們叫我哥哥？」

「是啊，哥哥，你睡迷糊了嗎？你是季武，而我和葉藏姊姊則是你的妹妹啊。」

葉柔歪了歪頭，像是疑惑我為何會問這種問題。

「我的妹妹不是、不是——」

我想要說出「某個名字」，可是不管我怎麼思考，都想不起來那個名字。

「季武哥哥，你的妹妹只有『兩個』——那就是我和葉藏姊姊。」

看著葉柔的笑容，我突然意識到她說的話是對的。

沒錯，我的妹妹只有葉藏和葉柔兩位。

但是，心中還是殘留著些許不對勁的感覺。

於是我再度確認：「那個……我有姊姊嗎？」

「我們家只有我們三人吧？」

「沒錯……妳說得對。」

看著葉柔純真的笑容，我也露出微笑。

我一定是睡昏了，怎麼會去問這種問題呢。

我沒有姊姊。

我是季武，我的妹妹是葉藏和葉柔。

我們家，就只有這三個人。

——沒有其他人了。

後記

因為編輯說這本書爆字數，所以後記不能寫太多字。
既然沒有量，那只好以質取勝了——

謝謝大家！

小鹿

國家圖書館出版品預行編目資料

深表遺憾，我病起來連自己都怕2 / 小鹿 作.
—初版. —臺北市：尖端出版，2017.2
冊；公分
ISBN 978-957-10-7156-5(平裝)

857.7　　105015594

浮文字

深表遺憾，我病起來連自己都怕2

著　　者／小鹿
發 行 人／黃鎮隆
總 編 輯／洪琇菁
執行編輯／曾鈺淳
企劃宣傳／邱小祐、劉宜蓉
封面插畫／Mocha
副總經理／陳君平
國際版權／黃令歡
美術編輯／陳聖義
內文排版／謝青秀

出版／城邦文化事業股份有限公司　尖端出版
台北市中山區民生東路二段一四一號十樓
電話：（〇二）二五〇〇七六〇〇
傳真：（〇二）二五〇〇二六八三
E-mail：7novels@mail2.spp.com.tw

發行／英屬蓋曼群島商家庭傳媒股份有限公司城邦分公司　尖端出版
台北市中山區民生東路二段一四一號十樓
電話：（〇二）二五〇〇—七六〇〇（代表號）
傳真：（〇二）二五〇〇—一九七九

中彰投以北經銷（含宜花東）／楨彥有限公司
電話：（〇二）八九一九—三三六九
傳真：（〇二）八九一四—五五二四

雲嘉經銷／智豐圖書股份有限公司　嘉義公司
電話：（〇五）二三三—三八五二
傳真：（〇五）二三三—三八六三

南部經銷／智豐圖書股份有限公司　高雄公司
電話：（〇七）三七三—〇〇七九
傳真：（〇七）三七三—〇〇八七

一代匯集／香港九龍旺角塘尾道六十四號龍駒企業大廈十樓B&D室
電話：（八五二）二七八三—八一〇二
傳真：（八五二）二七八二—一五二九

馬新經銷／城邦（馬新）出版集團Cite (M) Sdn. Bhd.
E-mail：cite@cite.com.my

法律顧問／王子文律師　元禾法律事務所
台北市羅斯福路三段三十七號十五樓

二〇一七年二月一版一刷
二〇一九年十一月一版三刷

■中文版■

郵購注意事項：
1. 填妥劃撥單資料：帳號：50003021戶名：英屬蓋曼群島商家庭傳媒(股)公司城邦分公司。2. 通信欄內註明訂購書名與冊數。3. 劃撥金額低於500元，請加附掛號郵資50元。如劃撥日起 10～14日，仍未收到書時，請洽劃撥組。劃撥專線TEL：(03)312-4212 ・ FAX：(03)322-4621。E-mail：marketing@spp.com.tw